Cristiano Zanardi

VITE SOMMERSE

La battaglia dell'acqua

2016

Romanzo

*Ogni riferimento a persone esistenti
o a fatti realmente accaduti
è puramente casuale.*

1

«Fermati pà! Questo è il punto da cui si dovrebbe vedere!»
Si sfilò lo zaino, lanciandolo a terra e salì di corsa su un grosso sasso, in un punto da cui poteva vedere meglio il panorama. *«Uffa, non lo trovo! Eppure ho letto che qualcuno è riuscito a vederlo! Tu non vedi niente??»*
«No Enri, dai... andiamo» disse il padre, appoggiandogli una mano sulla spalla. *«Su, che abbiamo ancora un po' di strada da fare. Poi lo sai che la mamma si lamenta che arriviamo sempre tardi...»*
Enrico era curioso da morire. Si era appassionato così tanto a quella vicenda che, ultimamente, non parlava d'altro e, in cuor suo, era convinto che prima o poi ce l'avrebbe fatta a svelare il mistero, fotografando quella meraviglia di cui ormai tutti parlavano.
Appoggiò gli scarponi alla staccionata in legno, guardando dinnanzi a sé con gli occhi sottili di chi sembra impegnarsi nella ricerca di un minuscolo particolare. Scosse la testa e il suo volto si fece buio.
«Vai pure, scatto solo una foto ancora...»
Il padre si incamminò a piccoli passi, per dare la possibilità al ragazzo di raggiungerlo in fretta.

Percorse alcune centinaia di metri, poi, non sentendolo sopraggiungere, prima che il sentiero curvasse, si voltò. Enrico, appoggiato alla staccionata, scrutava il paesaggio sporgendosi con la testa, come per guardare meglio, quindi cercava conforto in una cartina che gli usciva dalla tasca dei pantaloni.

Stava per chiamarlo per l'ennesima volta, quando una voce lo sorprese alle spalle.

«Carlo, ti sei dato alle passeggiate in montagna?»
«Giacomo! Fai qualcosa, aiutami a staccare mio figlio da quella staccionata...»

Giacomo era un anziano signore originario della valle. Conosceva tutti i sentieri della zona, anche perché, ora che era un pensionato, quello era ormai diventato il suo lavoro: collaborava con un'associazione che aveva il compito di curarne la manutenzione e, quel giorno, stava compiendo nient'altro che uno dei suoi tanti sopralluoghi. Sarà che questo compito lo teneva sempre in movimento, ma nonostante l'età, mostrava un fisico perfettamente allenato, quasi identico a quello con cui, una trentina di anni prima, aveva percorso il cammino di Santiago. Era l'unico, in tutta la valle, ad essere riuscito a portare a termine il pellegrinaggio raggiungendo la cattedrale di

Compostela, il solo che aveva potuto raggiungere la cripta, al termine del viaggio, per venerare le reliquie dell'apostolo e tutti nutrivano, per lui, una ossequiosa forma di rispetto.

«Ho già intuito cosa sta guardando Enrico» sorrise Giacomo.
«Il nulla, sta guardando!» rispose Carlo, seccato.
«Lascialo giocare con la fantasia... non fa mica niente di male...»
«No, ma potrebbe farmi del male mia moglie quando torniamo a casa, se arriviamo ancora tardi come l'ultima volta!»
«Questa storia ha appassionato un sacco di gente: non ci crederai, ma ogni volta che passo di qui, trovo sempre qualcuno nella stessa posizione di tuo figlio! Da quando è uscito l'articolo su quel giornale sembrano impazziti tutti...»
«E' la conferma» intervenne Carlo *«che i giornali sono come gli asini: portano quello che gli metti sopra!»* e scoppiò in una fragorosa risata, quasi a compiacersi della sua battuta.
«Forza, Giacomo, credo sia giunto il momento di spiegare qualcosina a Enrico: il tuo tono autoritario potrebbe essere perfetto per convincerlo

definitivamente di come stanno le cose. E quel tavolino con le panche all'ombra potrebbe essere il luogo ideale per riposare un po' le mie gambe!»

Giacomo sorrise, annuendo con il capo e i due si avviarono verso il punto dove, ancora immobile, il ragazzo stava scrutando il panorama.

ll

Gennaio 1953

«Dottore, lo capisce che questo è un problema da risolvere con urgenza? Non possiamo restare qui con le mani in mano!»

«Capisco, capisco...»

«Abbiamo appoggiato con decisione la sua candidatura a sindaco – e io, in particolare, mi sono esplicitamente schierato – proprio perché crediamo che lei sia la persona più adatta a risolvere questa situazione di stallo che si è venuta a creare! Ora, però, lei deve dimostrarci che non abbiamo preso un abbaglio!»

«Certo Commendatore, ma debbo avere il tempo di organizzare l'azione! Come posso muovermi senza prima avere tastato il terreno, senza conoscere i miei interlocutori...»

«Lei ha a disposizione una squadra di tecnici, consulenti e professionisti estremamente preparati. Deve solo coinvolgerli, ma soprattutto deve esporsi in prima persona per far vedere a tutti i cittadini che questa è non una, ma LA sua priorità. Chiaro?»

«Certo, ma...»

«Senta Vittorio, voglio essere franco con lei.»

«Mi dica.»

«Entro la fine del suo mandato, noi dobbiamo scalzare i privati dal dominio sull'acqua. Se non ci riuscirà, avrà fallito e se ne assumerà tutte le responsabilità.»

«Farò il possibile, si fidi. Ma sappia che ho altre importanti battaglie da portare avanti e...»

«È un bel niente. A noi serve l'acqua, punto. O devo rispiegarle tutto dall'inizio?»

Vittorio sbuffò e una smorfia di preoccupazione comparve sul suo volto.

Alto quasi un metro e novanta, era un omaccione nel vero senso della parola, forte e robusto, dallo sguardo sempre piuttosto severo: a prima vista, di lui, non si capiva se fosse perennemente arrabbiato con qualcuno, oppure se fosse semplicemente altezzoso. In realtà, era piuttosto schivo e amava nascondersi dietro a quelle espressioni burbere, creando una specie di barriera tra sé e il mondo esterno.

Figlio di una famiglia benestante, veniva dalle montagne, ma la sua vita si era sviluppata interamente in città, dove aveva potuto studiare e seguire i propri interessi, tra cui la politica: la bazzicava ormai da tempo e sapeva come funzionassero le cose. Non era nemmeno un pivellino, visto che andava ormai per i quarantacinque anni: eppure, la dura corteccia che si era creato rischiò di scalfirsi di fronte a questo arduo compito, tanto che, per la prima volta, faticò per alcune settimane a prendere sonno, la notte, nonostante non si reggesse in piedi dalla stanchezza per i troppi impegni di lavoro.

Aveva voluto cocciutamente diventare sindaco e ora si sentiva stretto con le spalle al muro da coloro che ne avevano, con forza, appoggiato la candidatura, garantendogli la vittoria finale. In cuor suo, era ben consapevole che nulla si fa in cambio di niente e aspettava il momento in cui questi facoltosi signori sarebbero passati a riscuotere alla cassa: non credeva, però, che l'avrebbero potuto mettere così tanto in difficoltà. Così, a volte, ripensava con un filo di rammarico alla vita parallela che non aveva mai vissuto: quella di montagna, nel suo paese natale, un piccolo villaggio dell'entroterra, ai piedi dell'appennino, dove il nonno *Tunin* mandava avanti l'osteria.

«Dottor Ferrari, posso darle un consiglio?»
«Ho bisogno di consigli, non vede quanto sono

confuso?»

«Ecco, allora mi ascolti bene: si guardi alle spalle...»

Vittorio istintivamente si girò, non vedendo altro che il muro bianco del suo ufficio.

Rimase sbigottito, non potendo fare altro che guardare il Commendator Ansaldi voltargli la schiena e andarsene, chiudendo con forza la porta dietro di sé.

III

«Belin, ma è ancora Liguria in questi bricchi? O siete già in Piemonte?»

Gli abitanti della valle se la prendevano, ogni volta che quassù arrivava qualche cittadino ed esordiva con queste parole. La prendevano quasi come una provocazione, loro che si sentivano, invece, liguri nel sangue. *«Piemontesi sarete voi!»*

Pochi chilometri separavano le due regioni e gli ambienti erano, effettivamente, piuttosto simili ed entrambi riconducibili all'appennino più puro, ma guai a cercare di spiegarglielo: non si sentivano affatto come i loro vicini.

Era una valle chiusa, dove gli ampi pascoli della montagna diradavano rapidamente in valloni scoscesi, agli angoli dei quali scendevano un'infinità di piccoli ruscelli. Tra questi, uno più grande e particolarmente ricco d'acqua tagliava in due la vallata attraversandola per intero e riceveva nel suo letto tutti gli altri.

Dal solitario albergo, che sorgeva nelle vicinanze della dorsale appenninica, non distante dal confine con il vicino Piemonte, era tutto un susseguirsi di pascoli terrazzati e villaggi, dai più grandi e popolati ai più piccoli e insignificanti, che ordinati e ben disposti conducevano, a mano a mano che si scendeva, fino alle rive del torrente, solcato da alcune solide passerelle che mettevano in comunicazione tra di loro i numerosi paesini.

L'ambiente era tipicamente montano ed effettivamente il mare, seppur poco distante in linea d'aria, da qui pareva lontano anni luce: la gente che abitava queste valli si trovava più a proprio agio tra le faggete dell'appennino che non sulle spiagge della riviera. Anche perché, a dirla tutta, il mare l'avevano visto - forse una volta in vita loro - solo i più fortunati.

Andrea era uno di questi: una volta alla settimana, partiva dal suo paese sulle rive del torrente carico di fagotti legati al basto di due muli e, svallando attraverso le montagne, raggiungeva la città. Dopo una prima sosta sulla strada provinciale, dove lasciava il carico di latte al camioncino che faceva la raccolta per la centrale cittadina, continuava alla volta del mercato, dove arrivava sempre puntuale per consegnare i prodotti della montagna che raccoglieva da tutti i contadini e gli allevatori dei paesi vicini. Non che poi se ne tornasse a mani vuote, visto che gli stessi fagotti si riempivano di tutto quello che lassù, sui monti, mancava. A cominciare dal sale, che serviva per conservare gli alimenti e del quale Andrea era una specie di corriere.

Capitava, a volte, che al termine del suo giro in mezzo al mercato parcheggiasse per qualche ora gli animali da qualcuno dei suoi venditori di fiducia per godersi una passeggiata tra i vicoli della città, fino ad arrivare a pochi passi dall'acqua del mare. La guardava come si guarda qualcosa di prezioso, con gli occhi sognanti, illuminati di un fascino sincero: cercava di memorizzarne ogni onda, convinto che poi, una volta tornato a casa, tutti gli avrebbero chiesto com'era e lui, così preciso, l'avrebbe potuto descrivere nella maniera più realistica possibile.

La prima a chiederglielo, neanche a dirlo, sarebbe stata sua moglie Elsa, entusiasta di riabbracciarlo e di farsi raccontare quello che i suoi occhi avevano potuto vedere. Lo aspettava sulla porta con le mani sui fianchi, cercando di scorgerlo in lontananza mentre si avvicinava con gli animali oltre la passerella sul torrente.

Era la figlia di un contadino della valle e spesso la vedeva, alle spalle del padre, quando si avvicinava all'uscio per ritirare i prodotti da portare al mercato. Avevano scambiato le prime parole in una fredda mattina di inverno, quando il genitore, impegnato nella stalla, le aveva lasciato l'incombenza di attendere Andrea per consegnargli il latte delle loro bestie. Da quel giorno, la trovò sempre più spesso ad aspettarlo e venne naturale cominciare a vedersi anche alla sera, all'osteria e ai balli.

Dopo qualche mese di frequentazione, senza dirle nulla, Andrea aveva avuto l'idea - insieme al padre ormai anziano - di mettere a posto il vecchio cascinale dove era cresciuto suo nonno per farci una bella casetta tutta per loro.

Non era una cascina qualunque, o meglio, suo nonno non era una persona qualunque. Lo chiamavano *Frintin* ed era un suonatore di musa molto conosciuto nell'entroterra, originario del piccolo borgo sulle rive del torrente, che allietava i balli nelle feste di paese della seconda metà dell'Ottocento. Proprio per non perdere questo legame con la sua figura, all'ingresso del vecchio cascinale ristrutturato, Andrea aveva voluto che campeggiasse sul muro, bene in evidenza, un antico piffero appartenente al nonno.

Non era particolarmente bravo a suonarlo, nonostante qualche volta ci avesse provato. Era stato il più grande cruccio di suo padre, che invece aveva avuto un maestro d'eccezione e si dilettava ancora, almeno quando era più giovane, a suonare qualche monferrina alle feste di paese, pur non possedendo l'abilità né il carisma del *Frintin*.

Quando la ristrutturazione della casa terminò, Andrea fece a Elsa una bella sorpresa, mettendola di fronte a quella che sarebbe stata la casa per il loro futuro: fu più di una dichiarazione d'amore, sancita definitivamente dal matrimonio di qualche anno dopo, forse l'ultima occasione in cui il padre di Andrea suonò in pubblico.

Era l'ultima casa del paese, affacciata sulla via principale: un'abitazione semplice, come tutte del resto, con tante sottili ciappe, in numero appena sufficiente a coprire interamente il tetto e i muri in pietra, intervallati da qualche finestra protetta da rudimentali grate in legno e un minuscolo balcone delimitato da una ringhiera in ferro battuto. Sulla destra della porta, sopra alla finestra, una nicchia scavata nella pietra ospitava una piccola statua della Madonna.

Il villaggio si trovava poco più in alto del torrente, in un punto dove i versanti delle montagne iniziavano a farsi vicini, guardandosi pericolosamente dritti in faccia ed era composto da una quindicina in tutto, tra case, cascine e fienili, separate da uno stretto viottolo che sembrava schivarne i muri spigolosi tagliandolo in due dal basso verso l'alto.

Vi abitavano cinque famiglie, poco più di venti persone. L'osteria, al centro del villaggio, era il tradizionale punto di ritrovo, ma era costretta a spartirsi la clientela con la vicina osteria del Mulino, un vecchio casolare, con annessa cascina, che si trovava più a valle e che era solita raccogliere i viandanti e le persone di passaggio, data la sua posizione nei pressi della strada, sterrata e piena di sassi, aperta da pochi anni. Nonostante questo, era ancora poco sfruttata perché gli abitanti preferivano continuare a spostarsi attraverso i sentieri di montagna, a dorso degli animali, sfruttando le vie di comunicazione consuete, che permettevano di raggiungere in tempo più breve i paesi e le valli vicine.

Circolavano pochissimi mezzi motorizzati e quando ne arrivava quassù qualcuno, era sempre un evento eccezionale. Tuttavia, in quel periodo di cambiamenti, ciò che accadeva in città, seppur a distanza di tempo, finiva per ripercuotersi anche nell'entroterra: fu così che arrivarono in molte case l'energia elettrica e nelle osterie le prime radio. C'era da starne certi: non sarebbero state queste le uniche novità destinate a sbarcare in valle in quegli anni.

IV

Erano tempi difficili, per la città, dal punto di vista delle risorse idriche. L'abitato era in continua espansione e si apprestava ad accogliere un grande numero di persone che, attratte dalla prospettiva di un lavoro stabile e di una vita meno faticosa, stavano lasciando le zone dell'entroterra per trasferirsi in maniera definitiva. A fronte di questo incremento demografico e del continuo sviluppo urbanistico, c'era bisogno di una nuova riserva d'acqua perché gli acquedotti esistenti non erano più sufficienti a garantire l'acqua potabile a tutti i quartieri, molti dei quali di nuova costruzione.

I tecnici ai quali l'Amministrazione Comunale si era rivolta, guidati dall'ingegner Silvano Parodi, avevano le idee molto chiare in merito: l'unica soluzione era dare vita a un nuovo bacino idrico, da affidare poi in gestione all'azienda municipalizzata, in modo da garantire un ruolo centrale al Comune, che rischiava di rimanere tagliato fuori dal tavolo dove si spartiva una torta che faceva gola a molti.

Insomma, in gioco non c'erano interessi di poco conto, ma il dominio sull'acqua: i privati erano stati più furbi e lungimiranti, catturandola nell'entroterra, ai piedi dell'appennino, per rifornire la città, dando vita a due acquedotti. Solo negli ultimi anni, con la creazione di un modesto bacino artificiale in una valletta laterale, il Comune aveva tentato di rientrare nella partita dell'acqua, ma viste le dimensioni dell'opera appariva una sfida decisamente impari.

Ora, però, i consulenti dell'Amministrazione avevano messo gli occhi su di una zona che, a loro avviso, si prestava particolarmente ad ospitare un bacino idrico: era ricca di torrenti, presentava un indice di piovosità di molto superiore alla media del territorio e, particolare non secondario, vaste aree, sulle rive del corso d'acqua principale, erano scarsamente popolate, per non dire disabitate. Insomma, tutto era pronto. Bisognava solo trovare un personaggio in grado di dare impulso al progetto, accelerando una questione che, se non adeguatamente portata avanti, avrebbe rischiato di impantanarsi.

Vittorio era nel suo ufficio, sommerso di carte. Attendeva di incontrare i consulenti del Comune, come del resto aveva sollecitato il Commendator Ansaldi, uno dei personaggi più influenti della città. Ancora non aveva capito il significato di quel *"si guardi alle spalle"*, anzi lo percepiva come una costante minaccia, che tornava a balenargli nella testa in diversi momenti della giornata.

D'un tratto squillò il telefono, avvisandolo della presenza dell'ingegner Silvano Parodi, storico collaboratore dell'Amministrazione Comunale.

«Fatelo entrare» disse, mentre cercava di fare ordine sulla scrivania. Strinse il nodo della cravatta e pulì le lenti degli occhiali con un fazzoletto bianco di stoffa.

«E' permesso?»

«Prego, prego» disse il Sindaco rimettendosi gli occhiali e facendosi incontro all'ospite, mentre tirava a sé una delle sedie dell'ufficio per farlo accomodare.

«Ingegner Silvano Parodi, piacere.»

Parodi era un ometto di circa cinquant'anni, magrolino e dai lineamenti affilati. Brevilineo, la prima caratteristica che balzava agli occhi, osservandolo, era l'importante naso, che tuttavia portava con una certa eleganza. Era impossibile non notarlo, ma si può dire che il suo personaggio fosse quello ideale per indossarlo. Al collo, portava sempre uno stretto paio di occhialini da vista, che indossava e toglieva in continuazione.

«Molto lieto, Vittorio Ferrari. Il commendator Ansaldi mi ha parlato di lei...»

«Ah, il grande Ansaldi! Ci conosciamo da tempo... entrambi abbiamo collaborato, seppur in forme differenti, con le precedenti Amministrazioni Comunali... personaggio di straordinario spessore umano...»

«Non dubito, anche se forse un po' enigmatico. Senta, io ho bisogno del suo aiuto» lo interruppe secco Vittorio. *«Il colloquio con il commendator Ansaldi mi ha lasciato leggermente confuso. Mi ha parlato della questione dell'acqua: problema noto e ben comprensibile. Ora, quello che voglio capire è: vogliamo metterci insieme a studiare la questione? Devo convocare i primi tavoli di lavoro?»*

Parodi strabuzzò gli occhi, tradendo un'espressione che insospettì Vittorio.

«Oddio, cosa ho detto di tanto strano?»

«Nulla, dottore, nulla. Solo non capisco il perché si vogliano convocare dei tavoli di lavoro, tutto qui. Perché ricominciare un discorso già chiuso?»

«Quale discorso già chiuso?»

Parodi guardava fisso a terra. *«Sì, intendo... ecco...»*

«Inizio a pensare che ci sia qualcosa che mi sfugge in tutto questo.»

«Perché mai convocare tavoli di lavoro? Il lavoro è già stato fatto. Lo studio, intendo...»

«Cosa vuol dire che il lavoro è già stato fatto?»
«Vuol dire che è già stata individuata una zona dove costruire il nuovo bacino artificiale.»
«Ma...»
«Non aveva intuito? Mi scusi, ma non ha detto di aver parlato con il commendator Ansaldi?»
«Come posso intuire, se vi comportate tutti in maniera ermetica tenendomi all'oscuro di intenzioni già manifestate! Il commendator Ansaldi mi ha lasciato sulle spine per settimane intere con un enigmatico "si guardi alle spalle"... mi spiega come posso io capire cosa diavolo sta succedendo??»
A Parodi scappò una risata.
«Cosa mi sono perso di così ridicolo?» tuonò il sindaco, irritato dall'atteggiamento del suo interlocutore.
Parodi senza dire una parola si alzò, avvicinandosi a Vittorio. *«Posso?»*
Sfilò una cartina geografica della Liguria che spuntava dalle mille carte ammucchiate sulla scrivania, posandogliela davanti agli occhi.
«Che diavolo di giochino è questo?»
«Si guardi alle spalle, dottore...»
Vittorio rimase in silenzio a guardare la cartina.
«Dove si trova lei, adesso?»

Il sindaco posò il dito sul grande cerchio nero che indicava la città.

«Oohh qui, perfetto. Di fronte a lei c'è il mare. E alle sue spalle cosa c'è?»

Dopo una breve esitazione, Vittorio rispose deciso. *«Ci sono le montagne, alle mie spalle, cosa vuole che ci sia! Lo so che l'acqua la dovremo prendere dalle montagne, crede che sia così stupido?»*

«Quali montagne?» domandò Parodi con tono indagatore.

Vittorio stava per spazientirsi di fronte all'ennesima domanda e l'ingegnere se ne rese conto, sostituendosi all'interlocutore nella risposta al quesito che egli stesso aveva appena sollevato.

«Alle spalle della città ci sono le sue montagne, dottore. La sua valle.»

Nella stanza calò il silenzio e Vittorio si sfilò gli occhiali.

«La vedo in difficoltà» disse Parodi guardando il sindaco con aria di sfida. *«Si è forse spaventato?»*

Vittorio rimase immobile con gli occhi sulla cartina, senza proferire parola.

«Dottore lo capisce che se c'è una persona in grado di andare a trattare con quella gente, quella è proprio

lei? Ci saranno villaggi da sfollare, proteste da tenere a bada! Le sue origini sono un biglietto da visita molto importante e noi abbiamo individuato in lei la persona giusta per risolvere i nostri problemi senza creare eccessivo malumore tra le popolazioni dell'entroterra!»

«Voi siete matti!» sentenziò Vittorio con la testa tra le mani. *«Ora capisco perché gli imprenditori e le personalità più in vista hanno preso le mie parti in campagna elettorale. Ora è tutto chiaro. Sono l'agnello sacrificale!»*

I pensieri di Vittorio erano tutti rivolti al compito ingrato che aveva appena intuito di dover portare a termine. Il tema dell'acqua era all'ordine del giorno da diverso tempo e sapeva che avrebbe dovuto affrontarlo. Non credeva, però, che per risolverlo avrebbe dovuto cambiare, per sempre, la vita delle popolazioni dell'entroterra. E nemmeno di un entroterra qualunque: proprio quella valle che gli aveva dato le origini e alla quale, seppur lontanamente, si sentiva ancora inevitabilmente legato attraverso la figura del nonno *Tunin*.

«Spiegatemi, per favore. Perché tra tutte le valli dell'entroterra, proprio la mia?»

«Vede, dottore, oltre al fatto di avere un clima

particolarmente umido e piovoso, due elementi – più di altri – hanno fatto convergere le opinioni verso quella zona: la posizione strategica, alle spalle della città e la pressoché totale assenza di borghi sulle rive del torrente, nella media parte di vallata. Ciò significa, chiaramente, minor impatto sociale del progetto: meno paesi da sgomberare, meno persone a cui trovare una nuova collocazione abitativa o, quanto meno, minori incentivi economici da sborsare. Perché poi è di questo che stiamo parlando...»

«Ingegnere, la conosco appena da un quarto d'ora ma la odio già. Con tutto il cuore.»

«E' molto carino da parte sua. Ma si fidi, non è l'unico.»

V

Erano tempi grami, in mezzo a quelle montagne. Nonostante la guerra fosse terminata ormai da diversi anni, trascinandosi via molte delle preoccupazioni che affliggevano la gente, la miseria era rimasta e si faticava a condurre un'esistenza dignitosa, a meno di non spaccarsi la schiena di lavoro dal mattino alla sera.

Era questo il triste destino cui andavano incontro un po' tutti i ragazzi, che appena mostravano sul corpo i primi segni dell'adolescenza venivano avviati ai lavori più duri, in aiuto ai padri, per contribuire al mantenimento delle famiglie.

Alle fatiche del lavoro, fortunatamente, davano un po' di sollievo le feste tradizionali che si celebravano in valle e che coinvolgevano proprio tutti. Erano momenti particolarmente sentiti, che riprendevano antichi riti tramandati nel tempo, ma anche – e più semplicemente – occasioni utili per fare baldoria e dimenticare, per un istante, la dura vita di quegli anni.

Uno degli appuntamenti più sentiti, nella lista di quelli che non si potevano assolutamente disertare, era la festa di San Pietro all'albergo sul confine.

Dominava la valle dall'alto della sua posizione

panoramica e si trovava poco al di sotto del crinale, in una zona di ampi e rigogliosi pascoli, a breve distanza dal confine piemontese. Custodiva una storia molto particolare: si narrava l'avesse costruito un signore originario di un piccolo e anonimo paesino della valle che aveva viaggiato per l'Italia per lavoro e che, innamoratosi di una ragazza di città, volle portarla a tutti i costi al suo villaggio per farne la madre dei suoi figli. Tuttavia, non avendo il coraggio di rivelarle il luogo insignificante da cui proveniva, la trascinò al proprio borgo natale con l'inganno, ma una volta scoperto, per non perdere la propria amata fu costretto ad assecondarne ogni desiderio, promettendole che avrebbe costruito la loro casa in quello straordinario punto panoramico sulla valle.

Il giorno della festa non mancava proprio nessuno, nemmeno dai paesi oltre confine: infatti i tavoli, all'interno dell'albergo, erano già rigorosamente disposti per tenere i contendenti separati. Guai a mischiarsi!

Al mattino, si riunivano i parroci delle frazioni vicine per celebrare una messa nei prati circostanti, quindi si tornava tutti ai propri posti, sulle lunghe tavolate, per il pranzo della festa. Addirittura, quando il tempo lo permetteva, si mangiava la polenta nei prati dove poco prima si era celebrata la messa, con la vista che, qualche volta, arrivava fino all'azzurro del mare. Tuttavia, il bel tempo qui sopra non era un evento così frequente ed era molto più facile vedere le nubi basse, allineate lungo la dorsale, con l'umidità a farla da padrona e la nebbia anche a fine giugno.

Nel pomeriggio, arrivava uno dei momenti più attesi: il torneo di bocce tra la squadra dei liguri e quella dei piemontesi, una sfida all'ultimo lancio che finiva spesso per trascinare con sé liti furibonde, anche perché il ricco montepremi – due galline – avrebbe fatto comodo a molti. Erano questioni di centimetri, forse di millimetri, ma finivano per tenere impegnati gli uomini per tutta la giornata, arrivando, addirittura, a mettere la parola *fine* a delle amicizie di lunga data.

Al termine del torneo, una volta decretata la squadra vincitrice, che dopo lunghi conciliaboli decideva quale destino riservare ai volatili in premio, si tornava davanti al bancone del bar – vincitori e sconfitti – perché la gara aveva messo sete proprio a tutti. Una specie di originale terzo tempo, in cui si commentava la partita appena terminata davanti a qualche bicchiere di barbera, in attesa che arrivasse l'ora del vespro, una processione fino ad una cappella votiva eretta ai bordi di un grande terreno, così pianeggiante da sembrare un terrazzo panoramico sulla valle.

Qualcuno, al termine della processione, prendeva la strada di casa, vuoi perché nella stalla lo aspettavano gli animali a cui dare da mangiare, vuoi perché la sconfitta nel torneo di bocce bruciava così tanto che sarebbe stato meglio rifletterci su tra le mura domestiche, piuttosto che davanti alle prese in giro degli avversari. Come Rino, un signore del primo paese che si incontrava scendendo dal valico, lato ligure.

Si racconta che una volta, dopo aver passato l'intero pomeriggio a discutere con i suoi avversari per colpa di un lancio – a suo dire – non corretto a termini di regolamento, finì per litigare anche con i suoi compagni di squadra, che cercavano di spiegargli come, in realtà, non convenisse piantare su tutto quel quarantotto per così poco. Così, sentendosi improvvisamente incompreso, si allontanò dal campo per smaltire la delusione assieme all'oste, che pur di non essere costretto ad ascoltarlo a lungo, gli versò da bere un bicchiere dietro l'altro, fino a che il buon Rino non fu più in grado di trovare la strada di casa. Lo ritrovarono, il mattino seguente, addormentato in una stalla che non era la sua, in un paese che non era il suo e dove nemmeno fu in grado di spiegare come diavolo aveva fatto ad arrivare. La moglie la prese così male che, da allora, tutti gli anni, il giorno di San Pietro, Rino prende il suo posto sulla sedia dietro alla finestra e nemmeno osa più chiedere se può uscire di casa.

Il vespro anticipava la cena, momento particolarmente atteso da tutti perché era in quell'occasione che l'oste serviva il suo squisito coniglio alla ligure, un piatto così buono che arrivavano in molti, fin qui, apposta per assaggiarlo. Quando la cena volgeva al termine, gli ospiti si trasferivano nella piccola sala del bar, dove li attendevano i suonatori, spesso due differenti coppie – una ligure e una piemontese, per non far torto a nessuno – e le danze potevano finalmente avere inizio.

Era una festa molto antica e nel secolo precedente, ad aprire i balli era spesso il *Frintin*, che oltre ad essere di casa, era indubbiamente uno dei più talentuosi suonatori delle valli dell'appennino. Dove c'era lui, si diceva, non potevano mancare la bella musica, il buon vino e – come sostenevano i più maliziosi – anche le belle donne. Era un gran perditempo e forse era proprio questo a renderlo così affascinante agli occhi delle ragazze, anche perché bello non lo era certamente: ma valle a capire, le donne.

Questa incontrastata fama di sciupafemmine lo accompagnò per lunghi anni, tanto che si accasò tardi, decisamente troppo tardi per quell'epoca. Fu una minuta e timida donna delle vicine valli dell'Emilia che, quando ormai più nessuno ci avrebbe scommesso una lira sopra, riuscì nella titanica impresa di fargli mettere la testa a posto. I due si sposarono e il *Frintin* diede il definitivo addio alla scena musicale, ritirandosi per lasciare spazio ad altri giovani suonatori, che ne raccolsero l'eredità.

La serata era giunta al suo culmine. C'era chi ballava, chi beveva, chi giocava a carte e chi discuteva. Sui tavoli aleggiavano pesanti nuvole di fumo di sigaretta e dietro al massiccio bancone di legno, l'oste aveva il suo bel da fare per stare dietro a tutte le richieste. Era una giornata dura, quella di San Pietro, ma che a lui sarebbe servita per mettere a posto i conti almeno fino a Natale.

Quando le luci, sul finire della serata, cominciavano a spegnersi, anche gli ultimi ballerini rimasti, che a quell'ora, spesso, erano quelli dei paesi più vicini, erano costretti a rimettersi velocemente le maglie, i gilet e le giacche per tornarsene verso casa. Il tempo di asciugarsi la fronte e la schiena sudata e l'indomani, al canto del gallo, la miseria sarebbe ricominciata.

VI

Maggio 1953

Quella mattina Vittorio si mise in macchina di buon'ora, lasciandosi alle spalle i palazzi signorili del centro città e il profumo del mare per mettersi in marcia verso le montagne che gli avevano dato i natali. Accanto a lui, al posto di guida, l'ingegner Silvano Parodi.
Da tempo uomo di fiducia dell'Amministrazione, era stato chiamato a coordinare un gruppo di professionisti in tutte le attività finalizzate all'individuazione del luogo più adatto da adibire a riserva idrica della città ed era particolarmente orgoglioso, sia del lavoro svolto che del risultato raggiunto. Tanto che già pregustava quello che sarebbe stato il naturale seguito della vicenda: un bell'incarico ufficiale per studiare la progettazione dell'opera, tante responsabilità, certo, ma anche un bel gruzzolo di soldi da mettersi in tasca. Che ai liguri, si sa, non danno mai fastidio... ma mica solo a loro...
Fu un viaggio strano, inizialmente avvolto da un clima surreale. Vittorio sembrava pensieroso, pareva quasi

che l'avessero obbligato con la forza a salire su quell'automobile. Del resto, quel suo carattere rude, a prima vista lo faceva sembrare antipatico un po' a tutti.

Guardava fuori dal finestrino, silenzioso e con l'espressione del volto corrucciata, finché, d'un tratto, l'ingegnere ruppe il silenzio.

«Lei è di queste parti, dunque...»

Vittorio, senza voltarsi, sospirò. *«Più o meno.»*

«Sembra che non abbia molta voglia di parlarne...»

Ne seguì una lunga pausa di silenzio, al termine della quale, finalmente, il sindaco tornò a guardare negli occhi il proprio interlocutore.

«Vede ingegnere, non è facile assumersi la responsabilità di cancellare per sempre due paesi della valle dove sono nato.»

«Immagino» intervenne Parodi *«ma è il suo ruolo ad imporglielo. Come si dice, "oneri e onori".»*

«Oneri e basta» rispose con decisione il sindaco. *«Lei è di parte, ingegnere, ma mi spieghi, come posso io obbligare questa gente ad andarsene, ad abbandonare le proprie case e ricostruirsi una vita altrove?»*

«Non sarà lei a intimare alla gente di andarsene, lo sa benissimo. Lei dovrà unicamente raggiungere gli

accordi con i Comuni interessati, i quali poi dovranno gestire la patata bollente dello sgombero. Chiaramente, sempre che non voglia farsi carico di un compito che non le spetta per puro spirito di sacrificio...»

«Non mi fraintenda, ingegnere. Lo so che la procedura sarà questa, ma non raccontiamoci la favoletta: la decisione di costruire la diga è unicamente nostra. Quindi avallata dal sottoscritto, névu de' famuzu Tunìn da ciassa.»

«Scusi?»

«Névu, nipote. Del conosciutissimo Tonino della piazza: provi a chiedere, in valle se c'è qualcuno che non lo conosce. E mi permetta un consiglio, ingegnere: lasci da parte i numeri qualche volta e impari il dialetto. Potrebbe esserle molto utile, sa?»

Parodi continuò senza raccogliere la provocazione.

«Le ho già detto che il suo paese natale sarà salvo, le case non dovranno essere abbandonate. Il provvedimento di sgombero riguarderà unicamente le due frazioni sulle rive del torrente: un villaggetto di quattro gatti e un'osteria con due stalle attorno. Una ventina di persone in tutto, si rende conto? Ha presente quali straordinari risultati si potranno raggiungere per la nostra città allontanando venti – e

dico solo venti – persone dalle proprie case?»

«*Lei non può capire*» disse Vittorio, accompagnando la frase con un gesto netto della mano.

«*Accosti l'auto. Si fermi qui.*»

L'ingegnere fermò l'auto sul ciglio della strada sterrata, in un punto da cui si godeva di un'ampia visuale su tutta la valle. Vittorio aprì la portiera e scese.

«*Venga, mi segua.*»

Parodi lo seguì fino a un punto, poco distante, dove vi erano alcune grandi rocce accanto alla strada. Vittorio appoggiò un piede sulla pietra, dando le spalle al compagno di viaggio.

«*Lei ha moglie, Parodi? Ha figli?*»

«*Sono felicemente sposato con prole.*»

«*Un bel maschietto?*»

«*Un maschietto di pochi mesi e una femmina di quattro anni.*»

«*Guardi, ingegnere. Quello è il villaggetto di quattro gatti, mentre quelle poche case più in basso sono l'osteria con le due stalle attorno.*»

«*Certo, lo so. Ho già fatto i sopralluoghi quando insieme ai colleghi tecnici abbiamo scelto questa zona.*» rispose Parodi.

«*Allora probabilmente le sarà sfuggito che sotto a quei tetti di pietra vivono delle persone*» rincarò la dose, gelido, il sindaco. «*Delle persone con una storia alle spalle, magari con dei figli, con una vita proprio come la sua.*»

«*Senta Vittorio, non mi faccia la morale, per favore. Crede che non sappia queste cose? Piuttosto, lei dovrebbe sapere che in questi casi il denaro che viene offerto alle famiglie serve proprio per compensare queste perdite!*»

«*Non esistono perdite affettive che possano essere compensate dal denaro, a mio modo di vedere.*»

Parodi sorrise in maniera beffarda. «*Ognuno ha le sue idee, ma ognuno ha anche le proprie responsabilità e i propri interlocutori a cui rendere conto. Lo tenga a mente, dottore.*»

Risalirono in macchina, per proseguire fino al paese natale di Vittorio, dove invertirono il senso di marcia per fare ritorno in città.

«*A ciassa...*» sussurrò con un filo di voce Vittorio, quando giunsero ai piedi della casa su cui campeggiava a grandi lettere la scritta *Osteria Tunin*, mentre un'espressione curiosa aveva fatto ora comparsa sul suo volto.

«*Vuole scendere?*» domandò l'ingegner Parodi.

«*No, no. Non ricordo nemmeno in quale casa sono*

nato» si schermì il sindaco. «*Ce ne siamo andati quando io ero piccolo, non ho molti ricordi. E' strano perché sono stato qui solo poche volte, forse tre o quattro, eppure ogni volta che torno mi sembra di sentirmi a casa. Mio padre non amava particolarmente questo paese ed è un peccato perché qui mio nonno Tunin era una vera e propria istituzione, lo conoscevano tutti. Gestiva l'osteria, quella che mio padre non ha voluto rilevare e che, purtroppo, siamo stati costretti a vendere. Proprio quella che vede alla sua sinistra.*»
«*A quest'ora lei avrebbe potuto essere l'oste in questo sperduto villaggio di montagna!*»
«*...e invece sono finito a fare il sindaco in città... decisamente più gratificante, per la carità... ma quando mi trovo in situazioni come questa, mi creda che preferirei servire una buona barbera nei bicchieri dei miei clienti e sentirli discutere di briscole e donne!*»
Parodi scoppiò a ridere. «*E' la prima volta che mi capita di sentire un politico parlare così! Mi scusi la domanda, ma... perché diavolo si è candidato a fare il sindaco?*»
«*Vede, ingegnere, mi ha sempre attirato l'idea di poter fare del bene per gli altri, in questo caso per i miei cittadini. E' stata una visione un po' troppo ingenua,*

però, perché una volta che ho deciso di impegnarmi, entrando in politica, ho scoperto a mie spese quanti interessi gravitino intorno a ogni decisione. Ne è un esempio la questione che stiamo affrontando adesso, quella che ci ha spinto fino a qui. Una questione dove non è possibile fare del bene a qualcuno senza fare del male ad altri. E questo non mi piace.»

«Lei è una persona troppo corretta. Faccia attenzione, perché il rischio che la facciano fuori è molto alto: in politica, purtroppo, si gioca sporco. E' una battaglia di interessi, non vince chi grida di più, né chi è portatore dei valori più virtuosi. Vince chi è sospinto dall'interesse più pesante. Si ricordi però che a breve verrà convocato il Consiglio Comunale che dovrà deliberare sulla costruzione della diga: pensi bene a quello che vorrà fare.»

«La diga si farà. Ormai non si può più tornare indietro, c'è il progetto, c'è la volontà di tutti. E' un processo che si è già messo in moto e che io non posso più fermare. Quello di oggi è stato più che altro uno sfogo, perché vorrei che lei capisse che tornare alle mie origini mi ha riempito di sensi di colpa per la delibera che sto per adottare.»

«Certo, la capisco.»

L'auto si mise in moto, per ridiscendere verso valle,

preceduta dalla sgangherata corriera che faceva il giro dei paesi della valle. Un contadino, con la schiena curva, interruppe il suo lavoro per salutare con un cenno della mano l'autista della corriera, approfittandone per voltarsi a scrutare chi fossero i passeggeri a bordo dell'auto, visto che non capitava così spesso che una macchina arrivasse da queste parti. Gli occhi di Vittorio, nascosti dietro al vetro dell'auto, incrociarono quelli pungenti del contadino e un sussulto interiore gli attraversò il petto.

VII

30 luglio 1953

Il caldo era opprimente per le ampie e assolate strade della città, dove la vita sembrava scorrere tranquilla, ignara dei dibattiti e delle decisioni di una politica che pareva non interessare ai più, presi invece da un progresso che sembrava essere ad un passo dal cambiare – in meglio – le loro vite. Solo nei vicoli interni, un po' d'aria proveniente dal mare sembrava incunearsi tra i muri delle case e offrire refrigerio a chi decideva di percorrerle.

Anche nelle sale del Palazzo Comunale la temperatura era bollente, ma non solo per l'agosto ormai imminente: Vittorio, per una volta, aveva abbandonato l'abito d'ordinanza per sfoggiare un'insolita camicia bianca a maniche corte, con un cravattino nero allentato.

Seduto comodamente sulla sua poltrona di pelle, nella calura dell'ufficio affacciato verso il mare, aprì il giornale, appoggiandolo sulla scrivania di fronte a sé.

«Il Consiglio Comunale della città, presieduto dall'Ill.mo Sindaco Dott. Vittorio Ferrari, delibera

all'unanimità l'avvio immediato dei lavori per la realizzazione del bacino idrico attraverso la costruzione di una diga alle spalle della città.»

Era il titolo che campeggiava a pagina quattro del quotidiano di quella mattina e Vittorio continuava a rileggerlo, quasi come se tentasse di impararlo a memoria: c'era da starne certi che, se solo avesse potuto, avrebbe cancellato personalmente quelle parole da ogni singola copia. E non solo quelle parole.

«C'è voluto un sindaco originario dell'entroterra per giungere, finalmente, a una delibera di vitale importanza per la città. Si presume che sia stato proprio il Dott. Ferrari a imprimere la spinta necessaria per far ripartire un progetto di cui si parla da tempo, ma che mai nessuno, fino ad ora, era riuscito a trasformare in fatti concreti. E' infatti originario di un piccolo borgo non distante dal confine piemontese...»

L'*incipit* dell'articolo conteneva proprio la frase che non avrebbe mai voluto sentire. Fortuna sua che in valle, di copie del giornale ne sarebbero arrivate ben poche, al massimo una per paese, nelle osterie, compresa quella di *Tunin*, ora gestita dai nuovi proprietari. Ma la voce, quella sì, si sarebbe ben presto sparsa a macchia d'olio e la sua reputazione sarebbe velocemente affondata.

Sentì bussare alla porta e sobbalzò sulla sedia.

«Sì?»

«Buongiorno...»

Dalla porta comparve il naso aquilino dell'ingegner Silvano Parodi. Faticava a trattenere il sorriso, tanto che la sua espressione fu avvertita da Vittorio quasi come una presa in giro, portandolo subito sulla difensiva.

«Il caldo opprimente la mette di buon umore?» sentenziò il sindaco. *«A me fa solo sudare!»*

«Mi creda, mentre salivo le scale immaginavo proprio di trovarla così, con il giornale davanti e la fronte grondante di sudore!»

«E allora? Non ci vedo niente di così ridicolo!»

«Presumo che l'articolo le sia andato di traverso assieme alla colazione, questa mattina.»

«Temo di averle dato troppa confidenza con quel nostro viaggio in macchina in valle!»

«Esagerato...»

«Ingegnere le chiedo solo una cortesia. Siccome sarà lei ad occuparsi dello sviluppo di questo progetto, e io in lei ripongo massima fiducia, abbia almeno il buon cuore di pensare alla portata delle sue azioni. Visto il disagio che andremo a creare in valle, faccia in modo

che sopportare questo disagio serva per realizzare un'opera straordinaria, che rimanga nel tempo e conservi la sua utilità anche in futuro, e non solo per i nostri concittadini. Sono stato chiaro?»

«Sono qui proprio per questo, signor sindaco. Come potrà immaginare, non è nostra abitudine improvvisare e quando io e i miei collaboratori abbiamo studiato l'impatto di un'opera del genere sulla valle, abbiamo già ipotizzato una bozza di progetto. Beh, posso garantirle che sarà un'opera innovativa, che oltre a rispettare l'ambiente porterà grandissimi benefici per la nostra città e per l'intera nostra regione. Mi scusi se mi permetto, ma dovrebbe essere questa ultima considerazione a interessarla maggiormente.»

«Certo, certo! Ma cosa devo dirle, sono un romantico...ormai mi conosce...»

Parodi sorrise, prima di continuare.

«Non sottovaluti un altro aspetto, dottore: questa opera porterà tanto, tanto lavoro. Non è nostra intenzione rivolgerci all'esterno se non per la manodopera più specializzata. Gli uomini della valle, compresi quelli dei paesi sfollati, potranno fornire la loro opera sotto forma di manovalanza e avranno l'occasione di guadagnare qualche soldino. Lo faccia

presente ai suoi colleghi sindaci dei tre Comuni coinvolti.»

«*Magra consolazione, Parodi. Ma apprezzo e condivido questa sua osservazione, anche perché mi riferivo proprio a questo quando le chiedevo di "compensare il disagio". Se ne vada, adesso, che devo finire di leggere l'articolo.»*

«*Non l'ha ancora letto tutto?? Allora sono stato fortunato, fossi arrivato cinque minuti dopo chissà con che faccia mi avrebbe accolto!»*

Vittorio appallottolò il giornale e lo lanciò verso Parodi, mancandolo di poco.

«*La porta è dietro di lei! E lasci aperto che fa caldo!!»*

VIII

Marzo 1955

«*Venite tutti qui che oggi Andrea paga da bere!!*»
L'oste Benito, con il suo inconfondibile vocione catarroso, chiamava a sé gli avventori accompagnando le parole con ampi gesti delle braccia. Di fronte a lui Andrea, che si schermiva con in mano un bicchiere mezzo pieno di vino rosso.
«*Noo, state pure lì che belin... non c'ho dietro abbastanza soldi...*»
Andrea aveva le guance rosse, un po' per il caldo che faceva vicino alla stufa dell'osteria, ma soprattutto per la notizia che gli aveva appena dato la moglie.
Sembrava un ragazzino, ma i suoi trent'anni li aveva tutti e si vedevano, nelle braccia grandi e nelle mani sporche, da vero lavoratore.
«*Dicci un po', preferisci un maschio o una femminuccia?*»
«*Ah se il Signore mi facesse la grazia di un bel maschietto...*»
«*Dì che fortunato sto bambino però... deve ancora venire al mondo e c'ha già la casa nuova!*»

«Io sono previdente!» sorrise Andrea, con gli occhi che luccicavano.

«E bravo Andrea» intervenne Renzo *«ci vuole un po' di gioventù in paese! L'ultimo nato era il mio Giacomo, che ha appena fatto quindici anni...»*

Renzo era il tuttofare del paese: un fascio di nervi in perenne movimento, al quale tutti si rivolgevano per ogni minimo problema. Portava la barba lunga e non curava particolarmente il suo aspetto, neppure quando usciva per fare un salto all'osteria, ma aveva un cuore veramente grande e se ti poteva in qualche modo aiutare, c'era da starne certi che lo avrebbe fatto. Più vecchio di Andrea, era diventato padre piuttosto tardi, secondo le malelingue a causa del suo essere sempre troppo indaffarato a pensare agli altri e, di conseguenza, avendo poco tempo per pensare alla sua vita. Ora però suo figlio Giacomo, praticamente l'unico ragazzo del paese, stava rapidamente diventando adulto.

«Quindici? Belandi se passa in fretta il tempo...»

«Vola, Andrea, il tempo vola. Diventiamo vecchi lavorando e non ce ne rendiamo nemmeno conto. Se posso darti un consiglio, goditi il bambino finché è piccolo, perché sono gli anni più belli. E' un'emozione che non tornerà mai più e dovrai portartela dentro

per il resto della tua vita.»

Andrea si fece improvvisamente serio. *«Speriamo di riuscirci. Io non sono mica tanto tranquillo con sta storia dell'acqua...»*

«Nessuno di noi è tranquillo» gli fece eco Renzo.

L'oste Benito si avvicinò, come per sentire meglio, mentre asciugava gli ultimi bicchieri della giornata. Come lui fecero gli altri paesani che erano all'osteria, stringendosi intorno al bancone per entrare nel vivo della discussione. Era un tema che interessava tutti, del resto non si parlava d'altro in valle.

Gino, uno dei più anziani del paese, si avvicinò con in mano il giornale di quel giorno, sventolandolo nel mezzo della discussione.

«Io non son capace di leggere, ma mi han detto che qui c'è scritto che il progetto c'è già e che entro la fine dell'inverno verrà votato in Consiglio Comunale!»

«Ma altroché il progetto c'è già» intervenne Renzo *«ci sarà già da due o tre anni. E' che lo tengono sotto silenzio finché non hanno trovato i soldi. Vedrai che quando uscirà per bene tutto sui giornali ci avranno già fregato!»*

«Ma possibile che i nostri sindaci non facciano niente?»

Benito intervenne a gamba tesa, asciugandosi le mani

fradicie sul grembiule. «*Ma cosa vuoi che facciano, son tutti d'accordo non lo vedi? Si prenderanno dei soldi anche loro, stai tranquillo! A noi ci considerano solo quando ci sono le tasse da pagare!*»

«*Andate via finché siete in tempo, voi che siete giovani*» disse Gino con gli occhi lucidi. «*Io ormai sono vecchio, ho la schiena curva. La mia vita l'ho fatta, ma se davvero andrà a finire così io rimarrò senza più nemmeno un ricordo...*»

«*Gino e io cosa devo dire?*» lo interruppe Andrea. «*Ho appena rimesso in piedi la cascina di mio nonno, per farci la casa della mia vita con mia moglie... adesso sto per diventare papà e tu dimmi, con che spirito devo affrontare la mia vita? Dove crescerò mio figlio? Chi mi ripagherà di tutti i sacrifici che ho fatto nella mia vita?*»

«*A me sembra che vi fasciate la testa troppo presto. Siete proprio sicuri che chiuderanno la valle al Mulino?*» disse Toni, un signore di un paese della valle che fino a quel momento era rimasto in silenzio ad ascoltare. «*Anch'io non posso dormire tranquillo, considerando dove abito. Ma magari chiudono più in basso, e voi vi salvate. Aspettate prima di parlare...*»

«*Dovunque chiudano, noi e il Mulino ci siamo dentro*» intervenne perentorio Renzo. «*Siamo troppo in basso, *troppo vicino al fiume. Voi magari vi salvate. Noi no, fidati. Io sono pessimista. Anzi, no: sono realista.»*

«Se Tunin sapesse che nipote stupido gli è nato, si rivolterebbe nella tomba!» esplose Benito, con la vena gonfia sul collo. *«Ditemi voi se è possibile! Quando va su un sindaco di un posto, cerca sempre di portare acqua al suo mulino: favori, piaceri, magari qualche soldo in più che arriva per fare qualche lavoretto. Invece questo qui l'acqua la porta via! Nel vero senso della parola! Ci manda a bagno per portarci via l'acqua!»*

Era una strana sensazione quella che si respirava in paese in quegli anni. Le notizie arrivavano in ritardo e frammentarie e vi era sempre la sensazione che stessero prendendo delle decisioni sulla pelle della gente di montagna. In più, vi era un certo profumo di beffa nell'aria: un figlio di contadini originario della valle che, una volta conquistato il potere, decide di costruire le sue fortune proprio sulla pelle dei suoi paesani.

Nessuno lo conosceva, ma tutti lo odiavano profondamente. Anche al suo paese d'origine se ne parlava male, nonostante tutti conoscessero il nonno *Tunin* e nonostante fosse chiaro a tutti che il loro villaggio difficilmente avrebbe subito ripercussioni negative da quel progetto. Tuttavia, il clima di solidarietà che si era instaurato in valle era più forte di tutto, seppure un nuovo e solo sentimento, ormai, iniziasse a prendere piede: una mesta rassegnazione.

IX

Una mattina di dicembre del Cinquantacinque, una busta bianca comparve sulle scrivanie dei sindaci dei Comuni coinvolti dalla costruzione dell'opera. Era la comunicazione con la quale il Prefetto invitava, in considerazione *dell'imminente avvio dei lavori* per la realizzazione della diga, alla *più ampia e proficua collaborazione* tra i soggetti interessati, finalizzata a *ridurre al minimo l'impatto sociale, ambientale ed economico* di una tra le più grandi opere di quel tempo. Questo voleva dire, chiaramente, che il compito dei sindaci sarebbe stato quello di fungere da mediatori con i soggetti coinvolti, per smorzare sul nascere eventuali contrasti o polemiche, permettendo ai lavori di procedere senza intoppi.

Fu come un fulmine a ciel sereno: in effetti, dopo l'improvvisa accelerazione che *l'iter* di realizzazione del bacino idrico aveva fatto registrare nei primi anni di mandato del Dott. Ferrari, con l'approvazione, il 29 luglio 1953, del progetto esecutivo, sembrava che improvvisamente l'opera fosse tornata nel dimenticatoio, tanto che in valle si cominciava a respirare un sentimento di scampato pericolo.

Le discussioni si sprecavano, al riguardo, nell'osteria del paese e in quella del Mulino. C'era chi sosteneva che il nipote di *Tunin da ciassa* fosse tornato sui propri passi, mettendosi di traverso rispetto alla realizzazione della diga nella valle dove era nato; chi invece pensava che i ritardi dipendessero dalla resistenza operata dai sindaci della zona.

C'era però anche qualcuno – Renzo – che dall'alto della sua esperienza invitava a non farsi troppe illusioni, perché alla fine, la diga sarebbe stata costruita, in barba alle opinioni e alle resistenze della gente di montagna. *«I se ne batta o' belin in sci scœggi di muntagnin, ti sæ?»*

E in fondo, il buon Renzo non aveva tutti i torti, perché l'idea di realizzare il bacino idrico non si era affatto persa nel cassetto di chissà quale polverosa scrivania, ma era semplicemente bloccata da alcune problematiche di carattere finanziario. In particolare, il progetto definitivo dell'opera non avrebbe potuto essere approvato finché non fosse stata garantita l'intera copertura finanziaria.

Il Comune non aveva particolari problemi dal punto di vista finanziario, ma certo, per una realizzazione del genere, era richiesto un impegno economico al di fuori della sua portata. Fu così che solo verso la fine del

1955, riuscì a farsi concedere un mutuo dalla Cassa Depositi e Prestiti, per un importo complessivo di quasi nove miliardi di lire, consentendo a un processo che si era interrotto alcuni anni prima, di rimettersi finalmente in moto.

Le principali figure politiche della città si incontrarono informalmente nell'ufficio del sindaco verso la metà di dicembre di quell'anno e presero congiuntamente l'impegno – una sorta di preaccordo – di dare il definitivo via libera all'opera nei primi giorni dell'anno nuovo, in modo da permettere ai lavori di iniziare il prima possibile.

«Come avrete appreso dalla telefonata di questa mattina, è arrivata la conferma della copertura finanziaria al progetto» disse Vittorio, appoggiato con le mani allo schienale della propria poltrona, guardando dritto negli occhi i suoi ospiti. *«Dunque la diga si farà, ora non ci saranno più ostacoli.»*

Uno scrosciante applauso, rese per un attimo Vittorio orgoglioso del suo ruolo in quella vicenda. Sulla scorta dell'entusiasmo, ringraziò con un cenno della mano e continuò a parlare.

«Il nostro calendario, ora, prevede – rispettivamente - l'approvazione del progetto definitivo dell'ingegner Parodi, l'aggiudicazione dei lavori, cominciando dalle

opere accessorie e, contemporaneamente, l'avvio della procedura espropriativa. Signor Prefetto, valuti se ritiene opportuno avvisare i sindaci dei Comuni della valle dell'imminente conclusione dell'iter burocratico attivato dal nostro Comune, anche se poi, della gestione concreta di questa delicata situazione, vorrei occuparmi io personalmente.»

Profondi cenni di assenso si levavano dalla ristretta platea degli interlocutori, mentre Vittorio concludeva il suo intervento. *«Pensiamo ora a goderci un sereno Santo Natale. Non ci sono i tempi tecnici per mandare avanti il procedimento, quindi rinviamo il tutto al termine delle festività natalizie. Per come la vedo, in Consiglio Comunale sarà una passeggiata: sul progetto della diga, con le ultime modifiche apportate dall'ingegner Parodi, siamo riusciti a mettere d'accordo tutti. Non ci resta, quindi, che attendere fiduciosi il 1956: sarà un anno decisivo.»*

Il Commendator Ansaldi, seduto in una delle poltroncine laterali, annuiva con il capo e guardava il sindaco con il volto di chi ha appena ottenuto quello che voleva. Accanto a lui, l'ingegner Parodi sembrava rapito dal carisma con cui Vittorio aveva gestito questa difficile situazione.

Decise di aspettare che tutti gli altri ospiti si

congedassero, per rimanere a complimentarsi personalmente con il sindaco.

«*Dottor Ferrari, permette una parola?*» fece Parodi cercando di poggiargli una mano sulla spalla.

«*Anche due, ingegnere.*»

«*Credo che la gestione complessiva di questo progetto, tanto importante per la città e per i nostri concittadini, abbia dimostrato a tutti il suo valore. Sono felice che le nostre strade professionali si siano incrociate.*»

Vittorio arrossì, tradendo un filo di timidezza. «*Lo vede allora, che si può essere romantici, ma non del tutto sprovveduti?*»

«*Mi ha impressionato questa sua capacità di gestire le situazioni difficili e intendo anche da un punto di vista emotivo. Invidio molto questo suo lato.*»

Vittorio, con le mani in tasca, si avvicinò alla finestra e scrutò oltre le tende, in direzione del porto. «*Sappia che non è stato affatto facile. Mi sono sentito dare del bastardo dai miei compaesani, per questa faccenda in cui mi avete infilato e questo mi ha fatto tanto, tanto male. Ho ricevuto delle minacce, non ci ho dormito la notte, spaventato com'ero per mia moglie e la mia bambina. Ma siccome sono un professionista, non mi sono tirato indietro e anzi, ho rispolverato un vecchio insegnamento di mio nonno Tunin.»*

L'espressione dell'ingegnere si fece curiosa. *«Posso chiederle quale? La figura di suo nonno ritorna spesso nei suoi racconti, eravate davvero molto legati a quanto pare di comprendere...»*

«Vede, quando ero bambino ero affezionatissimo a un vitellino che mio padre aveva nella stalla. Non lo mollavo un istante, era il mio compagno di giochi preferito. Un giorno, però, mentre era al pascolo con le altre mucche, si allontanò forse spaventato da qualcosa e non fece più ritorno. Ne feci quasi una malattia: ricordo ancora quante lacrime versai per quell'animale. Poi, un giorno, mio nonno mi prese a cavalcioni sulle sue ginocchia e mi raccontò una storiella. Vuole sentirla?»

«Se fa così, mi incuriosisce...»

«C'era una volta un contadino molto povero, che aveva nella stalla soltanto un asino. Un giorno, l'asino, cadde inavvertitamente in un pozzo asciutto che però il padrone, colpevolmente, aveva dimenticato di chiudere. L'animale si dimenava nel poco spazio che aveva a disposizione, ragliava, ma il contadino non sapeva proprio come tirarlo fuori. Fu così che stanco e sconfortato, seppure fosse l'unica sua ricchezza, decise di seppellirlo nel pozzo

riempiendolo di terra, convinto che intanto non ci sarebbe stato più nulla da fare. Non credette invece ai propri occhi quando si accorse che, ad ogni badilata di terra, l'animale la ammucchiava sotto di sé con gli zoccoli, risalendo sempre più in alto, verso l'uscita del pozzo finché, con un grande balzo, riuscì a saltare fuori.»

Parodi ascoltava con l'entusiasmo di un bambino.

«E alla fine il vitellino tornò?»

«Non lo rivedemmo mai più, purtroppo. Ma il racconto del nonno mi tranquillizzò, riaccendendo in me la speranza. E soprattutto, ne colsi in pieno il significato: mai abbattersi, sempre reagire. Anche dalle stesse difficoltà, a volte, si possono trovare gli spunti per venirne fuori. E' un insegnamento che mi è tornato utile molte volte nella vita. Ed è anche quello che ho fatto in questa situazione, che le assicuro, non è stata per niente facile da gestire.»

Parodi fece un cenno di intesa e dopo aver stretto con vigore la mano del sindaco, si congedò. Vittorio, rimasto finalmente solo, prese il grande faldone di carta su cui campeggiava la scritta *Bacino Idrico Comunale* e lo ripose nel primo cassetto della sua pregiata scrivania. Quindi, esausto, si lasciò cadere sulla poltrona dell'ufficio.

X

Elsa diede alla luce il piccolo Carlo – un bel maschietto che assomigliava tutto al papà – sul finire del Cinquantacinque, in una fredda ma soleggiata mattina invernale. Era da tempo che in paese non si respirava l'aria di una nuova nascita e, in un certo senso, era un po' come se avessero aggiunto un giorno di festa al calendario. Andrea, entusiasta, aveva dimezzato i suoi viaggi verso il mare per stare più vicino alla moglie, specialmente nei primi mesi di vita del bambino, seguendo alla lettera i consigli del saggio Renzo, che lo aveva invitato a rinunciare ad altro, piuttosto che al tempo con il suo piccolo erede.

Intanto, un freddo penetrante aveva dato il benvenuto al 1956, lasciando quasi presagire che, di lì a poco, tutta quell'aria gelida si sarebbe trasformata in neve. In quella valle chiusa, sospesa tra la montagna e il mare, il sole non si vedeva ormai da qualche settimana, inghiottito dalle nuvole basse e chi poteva cercava di starsene in casa, dove, se non altro, le rudimentali stufe, unite al respiro degli animali nella stalla, riuscivano a dare un po' di sollievo a chi occupava i piani superiori.

Fu proprio in quei giorni tipicamente invernali che un'altra sorpresa scosse l'animo degli abitanti della valle: furono in molti, infatti, a ricevere una lettera che fece tornare alla mente una preoccupazione ormai sopita.

Il sesto senso di Renzo non mentiva e mentre apriva la busta, aveva disegnata sul volto la rassegnazione di chi ha già capito tutto. Non si stupì più di tanto, infatti: si limitò a rassicurare la moglie, che lo guardava con apprensione, che all'interno ci fosse proprio la beffarda sorpresa che attendevano. Anche loro figlio Giacomo, pur non sapendo quale destino li avrebbe attesi, incassò il colpo senza batter ciglio. Non si scomposero, accettando con onore la notizia.

Sentimenti opposti, invece, pervadevano le stanze del ristrutturato cascinale del *Frintin*.

«*...interesse pubblico alla realizzazione dell'opera...*»

«*...conseguente conversione del diritto di proprietà...*»

«*...somma a titolo di indennizzo...*»

Andrea tirò a sé una sedia di legno e si sedette accanto alla stufa, appoggiando la lettera sul tavolo e aiutandosi con un paio di occhiali. Quei termini così pomposi, gli lasciavano in bocca il gusto di una preannunciata presa in giro.

Si prese la testa tra le mani e la lasciò ciondolare.

Quando Elsa aprì la porta, con il piccolo Carlo in braccio, lo vide in quella insolita posizione e si avvicinò per capire cosa stesse succedendo, scorgendo una lacrima solcare il volto del marito.

«Ci cacciano via. Non è possibile...»

Il pensiero di Andrea corse indietro, alle giornate di lavoro assieme al padre, da poco scomparso, per ristrutturare il cascinale del nonno. Era quello a dargli fastidio più di ogni altra cosa: il fatto di avere buttato via lavoro, denaro e tempo per costruirsi un futuro cancellato da un pezzo di carta, pochi anni dopo.

«E adesso?» sibilò Elsa.

«Non lo so» fece Andrea. *«Non ci ho mai voluto pensare, un po' per scaramanzia e un po' perché è una decisione che non mi sarei mai sentito di prendere se non fosse stata obbligata. Ma adesso bisogna pensarci sul serio.»*

«Ma cosa dice la lettera, solo la casa?»

«Macché. La casa e tutta questa sfilza di terre» e voltò il foglio in direzione della moglie, indicando con il dito un lungo elenco d'inchiostro nero. *«Questo era il mio lavoro e il mio pane per il futuro. E senza pane, senza lavoro e senza una casa, diventa difficile ricostruirsi una vita.»*

«Ricordati di lui» intervenne Elsa, sollevando appena il

piccolo Carlo, che sembrava dormire.

«Carlo sarà la ragione per continuare a combattere.»

I sentimenti che si respiravano in casa di Andrea erano sparsi un po' in tutta la valle. Se gli abitanti del villaggio sulle rive del fiume avevano perso, infatti, le proprie case, nei paesi vicini non se la passavano di certo meglio, perché si erano visti espropriare numerosi terreni che, seppure situati in posizioni infelici, erano comunque fonte di sostentamento per la famiglia. D'altra parte, chi viveva lassù non aveva a disposizione molte terre piane da coltivare: fatta eccezione per i prati che dominavano la dorsale ove sorgeva l'albergo, non distante dal confine piemontese e per quelli della Piana della Cavalla, il resto della valle era scosceso, con terreni che si trovavano in punti anche di difficile accesso e che solo grazie ai terrazzamenti riuscivano ad essere domati. E dopo tutta la fatica fatta per rendere quelle terre produttive, toglierle ai loro proprietari avrebbe significato ucciderli.

L'appuntamento, per tutti, era per il giorno quattro del mese di febbraio, alle ore 9,30, nel salone dell'osteria del Mulino, dove era stata convocata una riunione a cui avrebbero partecipato gli esponenti dei Comuni coinvolti – compreso il sindaco Vittorio Ferrari – oltre ad alcuni collaboratori dell'ingegner Silvano Parodi.

La neve copiosa di quell'inverno sembrava avere scelto proprio quella giornata per dare un po' di tregua. L'osteria era piena come forse mai nessuno l'aveva vista: nella grande sala, le sedie erano state disposte su più file, come in un cinema e guardavano tutte in direzione di tre tavolini di legno attaccati, alle cui spalle si trovavano cinque sedie destinate alle autorità. La stufa, carica di legna, riscaldava tutta la sala con le sue ampie vampate.

La partecipazione fu massiccia da tutti i paesi della valle. Chi era arrivato per primo aveva trovato posto a sedere, mentre molti tra i ritardatari si erano dovuti accomodare in piedi, in fondo alla sala: per dare un'idea dell'importanza dell'evento, basti pensare che erano spenti addirittura il grosso televisore – che l'osteria del Mulino poteva fieramente vantare di possedere – e la radio, che facevano bella mostra su una mensola, in un angolo della sala. I presenti confabulavano in maniera fitta e il brusìo riempiva la stanza.

Si interruppe di colpo quando il grande orologio da muro segnava le 9.35, istante in cui si aprì il portone e fecero ingresso due uomini distinti, con un elegante cappello in testa e un lungo soprabito beige, seguiti dai sindaci dei tre Comuni coinvolti dall'opera. Senza mai alzare lo sguardo dal pavimento, raggiunsero il tavolo posizionato di fronte alla platea, appoggiandovi sopra le valigette scure che portavano con loro.

In sala, tutti seguivano con lo sguardo quei personaggi dal fare così sospetto.

*«Quello che è entrato per primo mi sembra di averlo già visto» sus*surrò nell'orecchio del suo vicino Giancarlo, un contadino della valle.

«Quello davanti è il nipote di Tunin» gli fece eco, qualche fila più indietro, una piccola e anziana signora *«è un omaccione tale e quale a suo nonno!»*

Con tutta la calma del mondo, Vittorio e il suo compare, un ometto magro dal mento appuntito, si spogliarono dei loro cappotti, quindi allargarono sul tavolo una grande mappa, posizionandovi accanto alcuni pesanti faldoni. I sindaci dei Comuni della valle si sedettero invece di lato, in posizione più defilata, quasi a lasciare intendere chi avrebbe condotto le danze quel giorno.

«Buongiorno a tutti» esordì all'improvviso Vittorio. *«Sono il sindaco Vittorio Ferrari e per cominciare, vi ringrazio per aver partecipato così numerosi a questo incontro. Vedete, per me questa è una giornata un po' particolare.»*

Vittorio parlava con gli occhi bassi, ma si rendeva perfettamente conto che, in sala, il pubblico lo scrutava attentamente.

«Come forse saprete, io sono praticamente un vostro compaesano, essendo nato in un vecchio cascinale di un paese non distante da qui. Qualcuno dei presenti in sala, avrà probabilmente conosciuto mio nonno Tunin, per tutti Tunin da ciassa, che ha gestito un'importante osteria in valle fino a qualche decina di anni fa.»

Un leggero brusìo riprese a levarsi tra i presenti.

«Gli eventi della vita hanno voluto che la mia famiglia abbandonasse tempo addietro la valle per raggiungere la città e sempre gli eventi – o il destino, se preferite – hanno voluto che un giorno di alcuni anni fa ne diventassi il sindaco. Ma lo scherzo più grosso, il destino non me lo aveva ancora fatto, perché ha voluto che proprio negli anni del mio mandato, i tempi divenissero maturi per la realizzazione di un progetto tanto importante per la città che rappresento quanto, probabilmente, pesante da digerire per gli abitanti della valle che mi ha dato le origini.»

Vittorio alzò improvvisamente gli occhi, guardando il pubblico con aria decisa e il brusìo di colpo cessò.

«Non mi dilungherò oltre sulla descrizione del progetto perché sono certo che sappiate benissimo di cosa stiamo parlando. Se però qualcuno non ne fosse al corrente, è pregato di alzare la mano.»

In sala non volava una mosca e tutti rimasero immobili.

«Come avrete avuto modo di apprendere, due saranno le frazioni che dovranno essere sgomberate: si tratta di quelle che sorgono nelle più immediate vicinanze del torrente. Non è affatto piacevole, detto così, ma vi invito a riflettere sugli sforzi che sono stati fatti da questa Amministrazione Comunale per limitare al minimo i disagi. Sappiate comunque, che oggi non siamo qui per mandare via nessuno, né per privare qualcuno delle sue proprietà arbitrariamente. Oggi siamo qui per trovare, tutti insieme, una soluzione che permetta di ridurre al minimo i problemi perché non è mia usanza quella di comportarmi male con qualcuno, figurarsi con dei miei conterranei.»

«*Quello che il Dottor Ferrari vuole dire*» intervenne l'uomo seduto accanto a lui «*è che oggi è nostra intenzione venire incontro alle esigenze degli abitanti della valle per trovare un'intesa con tutti: siamo disposti a rimanere qui finché non avremo definito tutte le questioni, economiche e non. Ah, scusate, ho parlato senza presentarmi: sono il ragionier Ventura, dell'Ufficio Economato.»*

Vittorio e il collega rimasero in silenzio, fingendo di cercare qualcosa tra i documenti che avevano posato sulla scrivania: in realtà, cercavano di intuire le reazioni del pubblico, in attesa di qualcuno che si facesse portatore degli interessi del gruppo.

Ed effettivamente, non tardò ad arrivare: approfittando della pausa, i presenti avevano iniziato a parlottare tra di loro e, d'un tratto, si alzò una voce dalle ultime file.

«Belle parole le sue, signor sindaco. Qui però la gente vuole sapere con quanti soldi dovrà cercarsi una casa nuova e dei nuovi terreni da coltivare!»

A parlare era Renzo, che appena terminato il suo intervento era tornato a passarsi la mano tra la lunga barba bianca, con lo sguardo di chi attende una risposta convincente.

«Mi scusi, signor sindaco.» Andrea alzò timidamente la mano, chiedendo la parola. *«Se mi è consentito, vorrei dire due cosette io.»*

«Prego» fece Vittorio, accompagnando la parola con un gesto della mano.

«Premetto che io sono ignorante. Noi tutti, seduti davanti al vostro tavolo, siamo dei poveri ignoranti e credo di non offendere nessuno se lo dico. Non

abbiamo potuto studiare, magari qualcuno avrebbe anche voluto, chi lo sa. Da ignorantone, le dico che io ho appena rimesso in piedi il vecchio cascinale dove viveva mio nonno, l'ho ristrutturato per farci la casa dove trascorrere la mia vita con mia moglie e il mio bambino di pochi mesi e lei, oggi, viene qui a dirmi che tutto quel lavoro è stato inutile?»

Il volto di Vittorio tradì una smorfia che testimoniava la difficoltà di quel momento.

«Io e l'economo Ventura siamo qui proprio per questo e vi prometto che terremo conto di ogni singola necessità, oltre alla localizzazione del territorio, al momento storico che stiamo vivendo e all'importanza dell'opera che stiamo andando a realizzare per fare diventare il nostro capoluogo una città all'avanguardia.»

Si intuì fin da subito che la giornata sarebbe andata per le lunghe, tanto che alle dodici e mezza l'oste Mario – che si era tenuto pronto all'evenienza – sfoderò a sorpresa un minestrone bollente.

«Fermi tutti!» comunicò con tono solenne mettendo la testa fuori dalla porta della cucina. *«Si sta facendo l'ora di pranzo, vorrete mica rifiutare un buon minestrone della casa??»*

I rappresentanti del Comune, seppure storcendo il

naso, dovettero lasciare prevalere la volontà dei presenti, che era poi anche quella dell'oste padrone di casa e proclamarono una breve sospensione della riunione per il tempo necessario a servire un veloce piatto di minestrone caldo.

In realtà però, la sospensione si prolungò ben oltre il tempo necessario e Vittorio e Ventura faticarono non poco a riportare l'ordine in sala, anche per colpa dell'oste che sembrava non avere affatto fretta mentre continuava a intrattenere i presenti con i suoi racconti. Quando finalmente la riunione riprese, così, si era già fatto pomeriggio inoltrato ed era già sceso il buio da alcune ore quando, nel salone, si cercavano di limare gli ultimi dettagli economici tra le controparti.

Alla fine, il Comune riuscì a limitare gli esborsi solo con riferimento a quelle poche case che venivano utilizzate per la villeggiatura estiva, proprio in considerazione dello scarso utilizzo. Fu invece necessario uno sforzo maggiore nei confronti degli abitanti fissi delle borgate, ai quali venne concesso un incentivo pari al valore di riacquisto di una casa nei dintorni. Per i terreni espropriati, la trattativa si chiuse intorno a una valutazione di 8 lire per metro quadro.

Quando i paesani, poco alla volta, se ne tornarono verso le loro case, il faccione simpatico di Mario fece nuovamente capolino dalla cucina.

«Si è fatto tardi! Posso offrirvi due mestolate di brodo per la cena? Mi è avanzata anche un po' di cima che, credetemi, è una cannonata! Mi offendo se non la assaggiate!»

«Meno male che di giornate così ce ne sono poche perché sto per impazzire...» sussurrò Vittorio al collega.

Il sindaco e l'economo, stremati dalla lunga giornata di trattative, si guardarono straniti di fronte alla proposta dell'oste e decisero, vista anche l'ora, che avrebbero accettato e si sarebbero fermati lassù anche per la notte.

XI

Il grande giorno era finalmente arrivato: la mattina del 9 marzo 1956, il Consiglio Comunale avrebbe dovuto deliberare il progetto tecnico di costruzione della diga, quello a cui l'ingegner Parodi stava lavorando ormai da anni e che, per motivazioni prima di ordine politico, quindi burocratico, mai aveva potuto vedere la luce. Questa, pareva davvero essere la volta buona.

Sotto agli affreschi ricercati della sala consiglio, nel Palazzo Comunale, non mancava proprio nessuno, mentre fuori il gelo stringeva la città in una morsa, insinuandosi tra i vicoli.

«...vedete, quando io parlo di progetto innovativo, evidentemente lo faccio a ragion veduta. Ad opera realizzata, noi potremo vantarci di disporre di una diga a gravità alleggerita, dotata di un moderno sistema di filtrazione a sabbia, di altezza di poco inferiore ai novanta metri e con uno sviluppo del coronamento di oltre duecentosettanta. L'intero bacino costituirà la più grande riserva idrica della regione, con una capacità di venticinque milioni di metri cubi d'acqua: quanto riusciremo a raccogliere nell'invaso, verrà immesso in una condotta forzata

collegata a una centrale idroelettrica di nuova costruzione che invierà l'acqua all'impianto di potabilizzazione...»

L'ingegner Parodi snocciolava i dati del progetto a memoria, nonostante tenesse in mano alcuni grandi fogli pieni di schizzi, disegni e tabelle: era fiero del lavoro fatto durante tutti quegli anni e parlava con trasporto ed un'espressione compiaciuta, mentre descriveva gli innumerevoli pregi dell'opera.

I consiglieri ascoltavano attentamente, pronti a tributare all'ingegnere, non appena terminata la relazione e la conseguente, scontata, approvazione del progetto, un meritato applauso.

Vittorio, seduto sulla sua bella poltrona al centro del ricco salone era ancora scosso dalla intensa giornata di trattative per gli espropri e mentre Parodi si dilungava nella descrizione della velocità con cui la turbina avrebbe inviato l'acqua alla parte terminale dell'acquedotto, pensava alle parole con cui quel padre di famiglia, qualche giorno prima, gli si era rivolto in merito allo sgombero della propria casa.

"Povera gente" pensava tra sé e sé. Nell'accogliente casa vista mare che aveva comprato nel capoluogo, lo attendevano la moglie con la figlioletta e non poteva fare a meno di immaginare se, al posto di quel

contadino *ignorante*, come si era definito, ci fosse stato lui.

Che fare quando non c'è certezza del domani?

Come reagire di fronte a una volontà superiore che vanifica gli sforzi e le fatiche di anni?

Come ricominciare, poi?

Vittorio non sapeva rispondere a quegli interrogativi, ma nel suo animo trovavano spazio sentimenti contrastanti: il profondo dispiacere per le conseguenze che quel progetto aveva creato alla sua gente e un pizzico di orgoglio per aver convinto il ragionier Ventura ad andare un poco oltre quel limite di esborso che avevano fissato come "tetto massimo" durante le riunioni precedenti l'incontro.

"Non avrò fatto del bene" pensava *"ma almeno ho messo una pezza a una situazione che non potevo diversamente arginare. D'altra parte non si possono accontentare tutti... e a rimetterci in salute non voglio di certo essere io!"*

Quando Parodi terminò l'intervento e i consiglieri approvarono il progetto, l'applauso che era nell'aria da qualche minuto uscì con tutta la sua forza, riempiendo il salone di una gioia condivisa che sembrava percepirsi anche all'esterno, dove un sottile raggio di sole filtrava ora tra le nubi basse.

Anche Vittorio, nonostante avesse ancora negli occhi il volto di quella gente, applaudiva congratulandosi con l'ingegnere per la perfetta disamina del progetto.

Lo raggiunse mentre stava abbandonando la sala dirigendosi verso l'uscita.

«Insomma, posso finalmente dire di essere il sindaco di una città all'avanguardia?»

«Può ben dirlo!» fece l'ingegnere con il volto raggiante.

«Bene, allora visto che oggi sono tutti qui a riempirla di complimenti, farò la voce fuori dal coro.»

Parodi arrestò la camminata e guardò il sindaco con aria stranita.

«Secondo me, quando siamo stati all'osteria del Mulino per concordare gli incentivi agli espropriati avrebbe dovuto partecipare lei, che mi permetta di dire, è forse il principale responsabile di tutto quel cemento che sta per arrivare lassù.»

Parodi riprese a camminare. *«Lo ammetta, le è rimasto nel cuore quel viaggio romantico che abbiamo fatto in valle, io e lei da soli...»*

«Ingegnere, come evita le buche lei non le evita nessun altro...»

«Ah ah vede...»

«Scherzi a parte, ingegnere...se avesse partecipato, avrebbe capito a cosa mi riferivo quando le dicevo

che non esistono perdite affettive che possano essere compensate dai soldi. Mi sono trovato davanti una platea di persone arrabbiate, ma con una forza d'animo e una dignità immensa. Hanno protestato, con educazione, mi hanno esposto i loro problemi e mi creda, che non erano per niente questioni di poco conto. Ma per la gente abituata a soffrire, a lottare per conquistarsi il pane, non esistono problemi insormontabili. In questo, lasci che glielo dica, noi abbiamo ancora molto da imparare.»

«Ma si, lei è temprato...non si farà di certo spaventare da venti montanari piagnucolanti...»

«Temprato un bel niente! Non è stato per nulla facile, sa? E poi la smetta di parlarne con quel tono sprezzante! Sono miei conterranei, gliel'ho già detto!»

«Aaahh è per questo che ha fatto aprire i cordoni della borsa a Ventura facendogli spendere un sacco di soldi!»

Vittorio finse di tirare un calcio a Parodi.

«Guardi che la prossima volta ci mando lei a trattare... poi vedremo se vorrà fare ancora il galletto davanti ai montanari imbufaliti!»

I mesi successivi all'approvazione del progetto furono impegnativi per il Comune: d'altra parte, ora che la grande macchina si era messa in moto, sarebbe stato un veloce susseguirsi di impegni e scadenze che avrebbero, in breve, condotto la valle verso un cambiamento che appariva inevitabile.

In primavera furono affidati i lavori del primo lotto, che consistevano nella realizzazione della viabilità necessaria a raggiungere la località dove sarebbe stata costruita la diga di sbarramento, nonché di un'adeguata linea elettrica a trentamila volt in sostituzione di quella, rudimentale, al servizio dei borghi dell'entroterra. Tuttavia, la presenza della neve, così copiosa in quell'inizio d'anno, costrinse a ritardare di qualche mese l'inizio dei lavori, come se fosse la stessa valle a cercare, ancora una volta, di prendere tempo per non subire quella così drastica rivoluzione.

Mentre le lavorazioni del primo lotto erano in corso, venne affidata la costruzione della diga a una importante impresa del nord Italia, una delle poche – a quel tempo – in grado di portare a compimento un intervento del genere: era un'impresa strutturata, che disponeva di tutti i mezzi necessari per la costruzione della diga, di abili operai e tecnici di primo livello, che già si erano distinti nella realizzazione di opere analoghe in altre regioni.

Vittorio, tornato in valle con i suoi collaboratori per definire le ultime questioni burocratiche, volle incontrare gli sfollati per sondare la disponibilità – almeno dei più giovani – alla manovalanza nel cantiere della diga. Aveva preso a cuore la posizione di queste famiglie e si era speso personalmente con le imprese costruttrici per recuperare della manodopera comune al loro servizio, in modo da consentire a quella povera gente di arrotondare i guadagni.

Andrea e Renzo, assieme al figlio Giacomo, furono alcuni tra quelli che accolsero con entusiasmo la proposta di Vittorio, che in preda ai sensi di colpa, in cuor suo sperava sempre di alleviare le sofferenze dei conterranei. Non furono gli unici, perché anche dai paesi vicini, tra coloro che erano stati privati delle proprietà fondiarie, in molti aderirono all'iniziativa del sindaco, che riuscì nell'intento di mettere a disposizione dell'impresa affidataria una nutrita squadra di manovali del posto. Avrebbero avuto lavoro e guadagno per qualche anno e, probabilmente, anche meno tempo per pensare e rimuginare su di un'opera che per sempre avrebbe cambiato la loro vita.

«Ma ci sarà da sgobbare!» li aveva messi in guardia Vittorio, il giorno in cui li aveva convocati presso l'osteria del Mulino, per definire gli ultimi dettagli

assieme ad alcuni responsabili dell'impresa. Con loro, quel giorno, c'era anche Parodi.

«Come potrete immaginare, la diga di sbarramento dovrà essere pronta in tempi relativamente brevi, visto che di tempo già se ne è perso abbastanza per la maledetta burocrazia italica e per la concessione del mutuo» spiegò l'ingegnere. *«I turni sul cantiere saranno continui, non ci sarà respiro: si lavorerà senza sosta e voglio che siate consapevoli dell'impegno che state per prendere. Un impegno gravoso, faticoso, ma ovviamente, proprio per questo motivo, adeguatamente ricompensato.»*

Accanto a Parodi, gli uomini dell'impresa annuivano con sguardo severo.

Nessuno, tra i presenti, osò comunque tirarsi indietro, anche di fronte a queste premesse.

Vittorio, però, si sentì in dovere di fare una raccomandazione a Renzo, Giacomo e Andrea, gli unici sfollati tra i manovali. Così, li prese da parte appena uscirono, davanti alla porta dell'osteria.

«So che è brutto da dire, però cercate di trovare una nuova sistemazione al più presto perché se attendete troppo a lungo, rischierete poi di non averne il tempo materiale. Sappiate che se avete bisogno di qualcosa, io sono disponibile a darvi una mano. E in questo

momento chi vi sta parlando non è il sindaco, ma l'uomo, il vostro conterraneo.»

«Io non me ne vado!» tuonò Renzo.

Vittorio per poco non svenne. *«Lei cosa?!»*

«Signor sindaco, io voglio restare nella mia casa, assieme alla mia famiglia, il più a lungo possibile. Un posto dove andare ce l'ho e con mia moglie e mio figlio cominceremo piano piano a spostare tutte le nostre povere cose. Però non mi chieda di andarmene prima, per favore: io voglio restare in casa mia fino a quando l'acqua non inizierà a salire.»

Vittorio tirò un sospiro di sollievo. *«Mi ha fatto prendere un colpo! Certo che può restare nella sua casa, l'importante è che quando riceverà l'ordine di andarsene, abbia un posto dove andare a vivere. Consideri che prima di far salire l'acqua, le case saranno demolite.»*

«Come demolite?» intervenne Andrea.

Sul volto di Vittorio comparve un'espressione mortificata.

«Lei si rende conto del dolore che mi sta dando in questo momento, signor sindaco? Con tutta la fatica che ho fatto per rimetterla in piedi...»

«Mi spiace, ma dovete rendervi conto che non si può creare un bacino artificiale lasciando al di sotto case,

alberi e quant'altro. Ho avuto notizia di alcuni casi di inquinamento delle acque, in dighe di recente costruzione, dovute proprio al fatto che non era stato eliminato tutto ciò che si trovava all'interno del bacino: il nostro progetto è piuttosto moderno, perché potremo disporre di un importante sistema di filtraggio che servirà proprio a garantirne la purezza, ma è bene non ripetere gli errori del passato. Senza dimenticare che tutto quanto rimarrà dentro al bacino, potrebbe sempre staccarsi ed ostruire i canali della diga. Insomma, è necessario.»

Andrea abbassò gli occhi, sconfortato.

Renzo gli si fece accanto, appoggiandogli una mano sulla spalla. «*Saremo gli ultimi testimoni di un pezzo di storia cancellato per sempre, caro il mio amico.*»

XII

Mancava poco all'avvio dei lavori di costruzione della imponente diga di sbarramento, previsti per la fine del Cinquantasei e in valle cominciavano ad avvertirsi i primi rumori dei mezzi che raggiungevano la zona scelta come campo base per il cantiere.

Nulla sembrava essere cambiato rispetto al solito, anche se ogni giorno che passava, spuntava qualcosa di nuovo nei grossi piazzali di terra che erano stati realizzati nella zona antistante l'osteria del Mulino. Così, la vita nei villaggi continuava apparentemente tranquilla, seppure tutti vivessero, ormai, con la valigia in mano: proprio per questo, per il 29 novembre, era stata organizzata una festa d'addio all'osteria del paese. Era stato Benito, l'oste, a lanciare l'idea, una domenica pomeriggio mentre metteva in ordine le bottiglie, di fronte ai consueti avventori.

«Il primo dicembre l'osteria chiude i battenti e mi tengo un mese tutto per me per far su le mie cose prima di andarmene. La sera di Sant'Andrea siete tutti invitati con le vostre famiglie per un'ultima mangiata e una bevuta d'addio: vi dico già che non potete mancare!»

E così, nel tardo pomeriggio di giovedì 29 novembre, le famiglie del paese giunsero alla spicciolata, una dopo l'altra, all'osteria tutta addobbata per l'occasione. Benito, assieme alla moglie Alice, aveva attaccato i tavoli l'uno all'altro, in modo da creare una lunga tavolata che avrebbe, forse per l'ultima volta, tenuto uniti i paesani. La radio era accesa, sulla consueta mensola di lato al bancone, la stufa carica di legna e fuori, la sottile pioggerella che stava bagnando la valle si era, con il passare delle ore, trasformata in una fitta nevicata che poco alla volta stava ricoprendo tutto il villaggio, che sommerso da quel manto bianco sembrava bello e immacolato come forse mai nessuno lo aveva visto prima di allora.

«*Finirà prima o poi questo Cinquantasei!*» gridava Benito, mentre apriva una bottiglia di vino dietro al bancone. «*Non la smette più di nevicare!*»

«*Anno bizesto anno funesto!*» gli fece eco Gino, con il tovagliolo dentro al colletto della maglia. «*Lasciatevelo dire da uno che ne ha visti tanti!*»

«*Ah certo che tra il tempo e tutte le cose che son successe, quest'anno ce lo ricorderemo tutti a lungo...*» intervenne Renzo, seduto tra la moglie e il figlio.

D'un tratto, le voci dei paesani calarono

improvvisamente, fino quasi a scomparire del tutto quando, alla radio, la voce di Domenico Modugno sfumò gradualmente per lasciare spazio al radiogiornale, che diede – tra le notizie della sera – quella dell'imminente avvio dei lavori di costruzione della diga, un'opera grandiosa, per quei tempi.

Con le orecchie rivolte alla ingombrante radio, tutti ascoltavano le parole dello speaker, che parlava della realizzazione del bacino con una tranquillità che, ai valligiani, direttamente toccati dall'opera, appariva disarmante. Al termine, il radiogiornale proseguì con le altre notizie e per un attimo, nella sala scese un silenzio di smarrimento che faceva quasi da contraltare al clima conviviale di quella serata.

Benito e la moglie cominciarono a servire in tavola i piatti che per tutto il pomeriggio avevano preparato.

«Cari ospiti, stasera vi servo, ma poi mi siedo con voi a mangiare!» esordì l'oste, prima di lasciarsi andare pesantemente su una sedia, riportando qualche sorriso tra i presenti.

«Ah ma c'è anche la concorrenza...» disse alzando gli occhi e incrociando lo sguardo con quello di Mario, il padrone dell'osteria del Mulino.

«Mi hai invitato tu!» gli rispose secco Mario. *«Non ti*

ricordi già più?»

«Impossibile che io ti abbia invitato! Ah se c'è una cosa che non farei mai è invitare i rivali a casa mia!»

«Allora mi sono invitato da solo, come sempre. Intanto mi trovo così bene... tutte le volte che vengo a mangiare qui vado via con mal di pancia!»

Benito si era seduto proprio nel posto davanti a Mario, con il preciso intento di poterlo stuzzicare per tutta la sera: come due bambini dispettosi, sembrava non aspettassero altro ed era così ogni volta che si incontravano nelle rispettive osterie. In realtà, questi due pittoreschi personaggi si rispettavano profondamente e contribuivano, ciascuno a modo proprio, a mantenere in vita la valle: avevano il compito di raccogliere gli sfoghi dei paesani e degli avventori di passaggio, cercando di regalare loro qualche attimo di felicità, magari sotto forma di un buon bicchiere di vino o di una minestra calda.

Erano anni in cui il lavoro non mancava a entrambi visto che, seppur vicine, le osterie attingevano i clienti da bacini differenti: più ritrovo dei paesani quella di Benito, più passaggio dei forestieri quella di Mario, non a caso scelta dall'Amministrazione Comunale come luogo di incontro per definire la questione degli espropri.

Dopo qualche fetta di salame e una focaccia al formaggio, arrivarono in tavola finalmente gli gnocchi di castagne con il pesto, specialità della casa, seguiti da una cima alla genovese che attirò i complimenti di tutti gli invitati, in particolare delle signore, esperte cuoche.

Persino Mario dovette arrendersi.

«Va ben, là... ci hai messo un po' troppo tempo, ma almeno hai imparato a far da mangiare!»

Benito gli assestò un calcio sotto al tavolo, proprio mentre la moglie faceva spazio tra i piatti e i bicchieri per appoggiare sul tavolo un vassoio di *canestrelli*.

«Sah! Balémmo?»

«Cosa vuoi ballare che non ci sono i suonatori?»

«Chi l'ha detto che non ci sono i suonatori? Andrea, fila a casa a prendere la musa!»

Andrea cadde dalle nuvole. *«Ma, io? Ma no dai...»*

«Daaai, non fare il belinone! L'armonica ce l'abbiamo» disse Benito indicando Arturo, un signore di mezz'età che abitava nella prima casa dietro all'osteria.

«Arturo, pigia l'armonica che se femmu na sunada!»

Non ebbe il tempo di finire la frase che Arturo, balzato agilmente in piedi, stava già indossando il giaccone per andare a casa a prendere lo strumento.

«Andrea! Dai!»

Andrea non era particolarmente avvezzo a suonare il piffero, arte in cui eccelleva il nonno e in cui si dilettava, occasionalmente, il padre. Però non poteva dire di no ai suoi paesani, per di più in un'occasione come quella. Così, indossato il pesante giaccone, uscì dalla porta dietro ad Arturo e con lunghi passi nella neve alta fino a metà polpaccio raggiunse casa sua.

Quando, dopo pochi minuti, fece ritorno, trovò Benito e Mario intenti nella preparazione del palco per i suonatori, un tavolo posizionato di fianco al bancone in cima al quale erano state posizionate due sedie.

Nonostante qualche timore iniziale, Andrea riuscì a ricordarsi quei pochi trucchetti che gli aveva insegnato il padre e, trovata l'intesa con il compagno, riuscì a far ballare i paesani per un'oretta buona. Il figlio Carlo, in braccio alla mamma, pareva apprezzare il tepore della stufa, come del resto testimoniavano le sue guanciotte rosse mentre, in sala, si ballava una *giga a quattro*. Gino, il più anziano del paese, seduto in disparte, guardava i ballerini con gli occhi lucidi, senza negare un sorriso sdentato a chi ne incrociasse anche accidentalmente lo sguardo.

La commozione di Gino lasciò ben presto spazio alle risate quando, alcuni uomini decisamente ubriachi, si esibirono in un ballo della *povera donna* che fece tornare il buonumore in tutta la sala.

Alice, la moglie dell'oste, affacciata alla porta della cucina, osservava la scena con le mani sul volto e le lacrime agli occhi.

«Uhh ma siamo matti! Io così tanto ridere in vita mia non l'ho mai fatto!!»

I balli si prolungarono anche troppo, considerato che l'indomani sarebbe stata una giornata lavorativa e che, quella festa, non era di certo una di quelle fisse in calendario. Verso le undici, i suonatori appoggiarono gli strumenti sul tavolo per bere un ultimo bicchiere, mentre i paesani cercavano i cappotti per prepararsi all'uscita.

«Grazie gente! Siamo stati proprio bene stasera!»

«Grazie a te Benito! Ma sicuro che non ti dobbiamo niente?»

«No no, via via... soldi non ne voglio... mi ha fatto piacere stare con voi, altrimenti non vi avrei invitati! Abbiamo dato al nostro paese il saluto che si meritava!»

I paesani uscirono poco alla volta dall'osteria, abbagliati dal bianco della neve sotto all'unica luce pubblica del paese, richiudendosi alle spalle il pesante portone.

Benito, salutati gli ospiti, passò uno straccio sul

robusto bancone di legno, quindi, con un bicchiere vuoto in mano, raggiunse uno dei tavoli e versò il fondo della barbera rimasta dalla cena. Si lasciò cadere su una sedia e rimase in silenzio ad ascoltare le voci dei paesani allontanarsi.

Poche settimane dopo, verso la metà di dicembre del Cinquantasei, in un giorno in cui il maltempo aveva deciso di concedere una piccola tregua, una lunga fila di persone ridiscese i sentieri della valle, nelle immediate vicinanze del torrente, per raggiungere i dintorni dell'osteria del Mulino. Erano i manovali che, ordinati come una classe di scolaretti, si stavano portando nella zona dove era stato allestito il campo base del cantiere: da quel momento, sarebbero stati a disposizione dei superiori per l'inizio dei lavori di costruzione della diga.

Nella zona prescelta per la costruzione dello sbarramento, le imprese aggiudicatarie delle lavorazioni del primo lotto avevano disboscato un intero versante di montagna, completando la viabilità attraverso un fitto dedalo di stradine in terra battuta che, con stretti e ripidi tornanti, scendevano fino al greto del torrente, sul fondovalle.

Più in alto, erano state sistemate le baracche che

avrebbero ospitato, per il tempo necessario al completamento dei lavori, gli operai, che da quel momento non avrebbero più visto le loro famiglie.

Sarebbero stati anni di sacrifici, ai quali, tuttavia, quella gente era abituata: li chiamavano con sprezzo *mercenari*, perché erano grandi lavoratori contesi dalle principali imprese, che si spostavano a seconda della convenienza e del lavoro. E che avrebbero trascorso i prossimi quattro anni della loro vita in mezzo a quelle montagne.

XIII

Da qualche tempo, il paese era avvolto in un clima ovattato, un quieto silenzio che sembrava preannunciare il triste destino cui sarebbe andato incontro. L'unico rumore che si sentiva era quello, continuo e assordante, dei lavori che avanzavano senza sosta: il rombo dei camion che risalivano le stradine polverose per gettare il calcestruzzo, le urla dei capimastri e il vociare degli operai, che rimbombavano tra le montagne quasi come le parole all'interno di una stanza vuota. Tutto procedeva secondo i programmi e i numerosi tasselli si stavano lentamente incastrando, preparando il villaggio alla sua inevitabile fine. Mancava poco, ormai.

Quasi tutti se ne erano andati, nonostante l'arrivo dell'acqua non fosse ancora imminente: per lo meno, tutti quelli che avevano già le idee chiare su dove andare a trascorrere il resto dei loro giorni.

Benito, che aveva salutato i paesani con la festa all'osteria, aveva come promesso chiuso il locale a dicembre e, nei primi giorni di gennaio del Cinquantasette, si era trasferito con la moglie e tutte le sue cose in un paesone del fondovalle dove, si diceva, avesse intenzione di continuare a fare l'oste. Anche la famiglia di Gino, il più anziano del paese, aveva optato per trasferirsi nel fondovalle, dove probabilmente avrebbero incontrato meno difficoltà, vista la salute precaria dell'anziano genitore. Un'altra famiglia, aveva invece deciso di rimanere in valle e si era trasferita, intorno alla metà dell'anno, nel piccolo paese soprastante, che si trovava a metà distanza circa dai due comunelli dell'alta valle.

Le porte delle case erano chiuse, come per proteggere preziosi ricordi; le imposte, accostate, sembravano voler nascondere ad occhi curiosi chissà quali segreti, ma nulla, in realtà, era rimasto, all'interno di quei poveri muri di pietra, solo un freddo e vuoto silenzio. Eppure, quelle case, trasudavano lavoro, fatica. L'aria, nei vicoli, era pregna di vita vissuta.

Due famiglie rimanevano a vivere in paese: Renzo, Ada e il figlio Giacomo, in mezzo al villaggio; Andrea, la moglie Elsa e il piccolo Carlo, nell'ultima casa in fondo alla ripida via ciottolata.

Rimaneva ancora in funzione, seppur provvisoriamente, anche l'osteria del Mulino, che doveva fungere da supporto per i lavoratori del cantiere. L'abile oste Mario, infatti, era riuscito a strappare a Vittorio e all'economo Ventura delle condizioni particolari, di miglior favore rispetto agli altri paesani sgomberati. Il trucco era stato semplice: cercare di perdere tempo e tirare per le lunghe la riunione, in modo da costringere i due a fermarsi per la notte, quindi, attendere che tutti se ne andassero per andare a presentare alcune richieste *extra* direttamente a tavola, al momento di servire la cena e consegnare le camere.

Ecco allora che aveva ottenuto, in cambio dei servizi offerti gratuitamente, la possibilità di continuare a lavorare per buona parte della durata del cantiere svolgendo la funzione di mensa per gli addetti alla realizzazione dell'opera, oltre, naturalmente, ad un incentivo commisurato al fatto che avrebbe dovuto lasciare non un'abitazione qualunque, ma un'attività ben avviata.

Così, nelle sale dell'osteria del Mulino c'era un grande via vai a tutte le ore del giorno e della notte, in netta contrapposizione con il clima piatto e silenzioso che si respirava poco più a monte, in mezzo alle case del paese.

Elsa si era abituata a trascorrere le giornate sola con il figlioletto, in quella che ancora per poco sarebbe stata la sua casa. Il marito Andrea, a seconda dei turni, partiva di prima mattina oppure verso sera per raggiungere la diga e quando tornava era stanco come mai lo era stato prima di allora: era il momento di mettere da parte qualche quattrino e di certo, la costruzione del bacino idrico, in tutta la sua drammaticità, rappresentava un'importante occasione di guadagno.

La donna, abbattuta nel morale, si sentiva tradita, quasi privata del futuro che assieme al marito si era faticosamente costruita. Non era servito fare dei progetti: era poi arrivata una lettera a spazzarli via in un istante, obbligandoli a ripartire da capo.

Le capitava spesso di pensare, nelle sue interminabili giornate, alla prima volta che aveva fatto ingresso nella nuova casa. Era entusiasta, rivedeva in quella piccola casetta quella dove era cresciuta da bambina, sull'altra sponda del fiume e le sembrava di non essersene mai andata dai suoi genitori, anche per l'affetto e l'accoglienza sincera che l'avevano accolta. Soprattutto, sapeva quanto amore e quanta fatica ci avevano messo Andrea e il padre per rimetterla in piedi, cercando al contempo di onorare la memoria del *Frintin*.

Solo una cosa, le dava sollievo: il pensiero che il suocero non avrebbe potuto assistere a questo triste momento, essendo mancato quando le discussioni sulla costruzione della diga erano appena iniziate.

Se avesse vissuto momenti come l'arrivo della lettera che imponeva lo sgombero della frazione, probabilmente, avrebbe sofferto troppo.

Carlo era piccolo, troppo piccolo anche solo per comprendere quello che stava accadendo. Strabuzzava gli occhi, spaventato, ogni volta che dalla zona del cantiere qualche forte boato risaliva lungo la valle, perdendosi in lunghi pianti a dirotto in braccio alla mamma.

Quando sarebbe cresciuto, quasi sicuramente, non avrebbe avuto ricordi del luogo in cui aveva vissuto la sua prima infanzia e proprio per questo, approfittando del paese ormai vuoto, Elsa si concedette, in quelle settimane, interi pomeriggi alla scoperta dei vicoli della borgata assieme al figlioletto: in quella sorta di intimità nella quale si erano venuti a trovare, sarebbe stato come vivere attimi che sarebbero stati esclusivamente loro. Loro e di nessun altro: una specie di segreto che si sarebbero portati dentro e che li avrebbe legati per sempre.

Parlavano spesso, con Andrea, di quello che sarebbe stato il loro futuro, consapevoli che al termine del lavoro nel cantiere, avrebbero dovuto raccogliere tutto quanto e andarsene. Per non gravare troppo sui genitori di Elsa, che li avrebbero comunque potuti ospitare nella loro casa, decisero di investire i risparmi e parte dell'incentivo che era stato loro concesso per comprarne una nuova poco più a monte, nel paese che guardava il torrente dall'alto e che, un domani, sarebbe stato affacciato sul lago.

Nell'altra famiglia Ada, a differenza di Elsa, passava le giornate da sola nella sua casa, visto che sia il marito Renzo che il figlio Giacomo, molto giovane ma già avviato ai lavori degli uomini, prestavano la propria opera nel cantiere del bacino idrico. La loro decisione, come comunicato da Renzo a Vittorio, era chiara fin dal principio: rimanere nella loro casa il più a lungo possibile, per onorare una sorta di patto che avevano stretto il giorno in cui avevano ricevuto la lettera di sgombero.

Così, Ada continuava a passare le giornate filando la lana sulla sua sedia davanti alla finestra, come se nulla, in realtà, dovesse accadere di lì a breve. Si curava degli animali della stalla con lo stesso amore e la stessa passione di Renzo e non mancava mai di far trovare un abbondante pasto al marito e al figlio quando intravedeva le loro ombre passare davanti alla finestra, di ritorno dal lavoro.

A volte, quando i rispettivi uomini erano di turno alla

diga, le due donne passavano un po' di tempo insieme, confidandosi aspettative e preoccupazioni.

Carlo, seppur piccolo, non vedeva l'ora di andare a casa della *zia Ada*, che lo faceva giocare per pomeriggi interi e lo prendeva sempre in giro per quel suo nasino a patata, che – chissà come – riusciva sempre a far scomparire in una mano e poi far ricomparire al suo posto.

Tra le due donne si instaurò un bel rapporto di amicizia e comprensione, che permise loro di trascorrere serenamente e un po' meno in solitudine gli ultimi anni delle loro vecchie vite. Quelle nuove, sarebbero iniziate di lì a poco, non appena il gigante di cemento sarebbe stato innalzato dagli operai.

XIV

I lunghi bracci delle gru avevano preso il posto delle montagne e del cielo nel panorama quotidiano degli abitanti della valle. Erano state posizionate orizzontalmente in fila, sul greto del torrente, nel punto - poco distante dall'osteria del Mulino – dove la valle tendeva ad aprirsi leggermente. Imponenti com'erano, si scorgevano da ogni luogo, soprattutto dalle finestre delle case di Elsa e Ada: al piccolo Carlo, che sorretto dalla madre dietro al vetro le guardava con la bocca aperta, sembravano dei mostri e rimaneva a scrutarle affascinato, un po' come tutti gli abitanti della vallata che, del resto, mai avevano visto prima di allora qualcosa di simile.

Le giornate tendevano ad assomigliarsi tutte, sia per chi lavorava che per chi, invece, attendeva il compimento dell'opera. I rumori erano forti, ripetitivi e sordi, il via vai dei camion, delle ruspe e degli escavatori, incessante. Ormai, giorno o notte non esistevano più: era sempre tempo utile per lavorare e per non rimanere indietro sulla tabella di marcia.

Gli operai, ordinati, sembravano i tasselli di un grande mosaico: si muovevano su ponti altissimi con la leggerezza di scoiattoli, senza intralciarsi minimamente perché ognuno sapeva esattamente quello che doveva fare. Così, i primi frutti di quel duro lavoro, seppur lentamente, cominciavano a intravedersi, anche per merito dell'importante aiuto fornito dai manovali reclutati in valle, grandi lavoratori con una importante propensione al sacrificio.

Frequenti erano i sopralluoghi dei funzionari del Comune, quasi sempre guidati dall'ingegner Parodi, che voleva seguire da vicino l'avanzamento dei lavori della "sua" creatura.

Vittorio, invece, raggiunse il cantiere una sola volta e non di certo per sua volontà: fu costretto a salire fino a qui quando, in pieno corso di svolgimento dei lavori, lo scoppio di una mina ferì due operai attirando l'attenzione dei giornali. Con la sua consueta fermezza, unita a una buona dose di diplomazia, il sindaco cercò di minimizzare l'accaduto, spiegando che si era trattato di un incidente fortuito e che i grandi apprestamenti posti in essere in materia di sicurezza avevano, fino a quel momento, dato risultati eccellenti. Dopo aver ricondotto alla normalità l'incidente accaduto – che in realtà si rivelò più grave del previsto, avendo i due lavoratori perso entrambe le gambe a causa dell'esplosione, particolare messo a tacere con una ricca buonuscita agli interessati – il sindaco volle incontrare i responsabili del cantiere, per un colloquio strettamente riservato che si rivelò a tratti duro, ma che servì per chiarire alcune questioni: su tutte, quella che il Comune, che era poi il committente dell'opera, non poteva più permettersi figure come quella perché la sua credibilità nell'entroterra, che già stava vacillando, avrebbe rischiato di sprofondare.

«Vi rendete conto che razza di casino sarebbe potuto scoppiare se al posto di quei due operai ci fossero stati dei manovali della valle?? Avete idea delle ricadute che ci sarebbero state sulla mia figura?? Non voglio che accada mai più qualcosa di anche solo lontanamente simile a questo! Sono stato chiaro??»

Nonostante l'incidente avesse scosso, per qualche tempo, gli animi della gente e dei lavoratori, che improvvisamente non si sentivano più tutelati come credevano, i lavori procedevano spediti.

Piano piano, cominciavano a sollevarsi imponenti pilastri e uno scosceso scivolo di cemento univa ora i due contrapposti versanti di montagna, preparandosi a crescere in altezza con il passare dei mesi. Stonava quasi, in mezzo a quella distesa di prati terrazzati, come del resto osservavano anche i curiosi che passavano le giornate a guardare i lavori: eppure – c'era da starne certi – anche questa volta nessuno li avrebbe ascoltati.

Il cantiere non era però solo quello principale, relativo alla costruzione della diga: decine di piccoli cantierini, ciascuno con una nutrita sfilza di addetti, occupavano i più svariati punti della valle, regalando l'idea di un'opera che procedeva su più fronti e che, una volta terminata, avrebbe davvero cambiato il volto a queste montagne.

Andrea e Renzo prestavano la propria manovalanza poco distante dal cantiere principale, in un luogo che i responsabili del progetto avevano individuato come cava, da cui venivano estratte le pietre da frantumare e, successivamente, inviare agli impianti di betonaggio. Con loro anche il giovane Giacomo che però, di frequente, veniva utilizzato come un prezioso *jolly* nel cantiere della diga, dove fungeva da collegamento tra le varie squadre che necessitavano di un aiuto supplementare.

Quando il poderoso sbarramento raggiunse gli ottanta metri circa – l'altezza prefissata – la valle rimase definitivamente tagliata in due: ai piedi dell'imponente scivolo, continuavano incessanti le lavorazioni agli scarichi e ai canali, mentre il paese e l'osteria del Mulino, nascosti alle spalle della diga, si apprestavano a vivere i loro ultimi giorni.

«Tra un mese io ho finito» rivelò Andrea a Renzo, una mattina mentre raggiungevano il cantiere.
«Me l'ha detto ieri sera il capomastro, di tener duro ancora per qualche settimana. Un po' mi spiace, perché ormai mi ero abituato a questo tran-tran... però è dura, sono veramente stanco.»
«Eh Andrea saremo lì, sai? Io non gli ho chiesto niente, ma abbiamo cominciato a tempo e credo che il nostro lavoro finirà anche, a tempo, giorno più o giorno meno. A meno che non abbiano bisogno ancora... ma anche Giacomo ormai è a casa da una decina di giorni e non credo che lo chiameranno di nuovo...»
Andrea allargò le braccia, lasciando intendere che la decisione non sarebbe spettata a loro.
Era da poco passata l'alba e il sole già illuminava quello spicchio di valle. L'autunno aveva dipinto le foglie degli alberi con sfumature uniche e i versanti delle montagne, colorati di arancione, si accostavano alla perfezione all'azzurro del cielo. La luce intensa della mattina sembrava essere stata catturata da un abile pittore impressionista e distribuita a pennellate sul

paesaggio circostante, mentre un bel venticello pettinava l'erba alta accanto al sentiero, spargendo nell'aria voglia di vivere.

I due camminavano accanto al torrente, in direzione della diga, che svettava tra i versanti delle montagne, grigia come la nebbia, impedendo la visuale sui crinali in lontananza.

«*Che roba enorme...*» disse Andrea a Renzo, guardando quel ripido muro di cemento, che diventava più alto a mano a mano che ci si avvicinava.

Renzo sbuffò, scuotendo la testa. «*Hai pensato a quando andartene?*» chiese.

«*Non ancora. Se finisco tra un mese, però, credo che approfitterò delle giornate ancora abbastanza lunghe per far su tutto e andarmene.*»

«*Non aspetti che salga l'acqua?*»

«*Non me la sento, Renzo. Vedere la mia casa che va a bagno è troppo umiliante... me ne andrò appena il mio lavoro sarà terminato.*»

«*Beh, è comprensibile. Avete deciso dove andare a vivere?*»

«*Avremmo potuto andarcene sul fondovalle, avremmo sicuramente avuto più comodità e meno problemi... però non me la sono sentita di allontanarmi troppo. Ci limiteremo a salire di qualche centinaio di metri...*»

«Allora non saremo più compaesani, ma dirimpettai!»
«Ah vai sull'altra riva?»
Renzo fece segno di sì con il capo.
Andrea sorrise. *«E' bello sapere che, seppur in villaggi diversi, rimarremo tutti qui in valle!»*

XV

Era ormai l'autunno inoltrato del 1959, le lavorazioni sul cantiere principale stavano volgendo al termine e il grosso degli uomini era ora impegnato nella realizzazione delle lunghissime gallerie che avrebbero dovuto convogliare l'acqua verso la propria destinazione finale.

Il muro che tagliava in due la valle conferiva all'intero paesaggio un aspetto austero, tanto da renderlo completamente diverso dal luogo che tutti erano abituati a vedere. Rimanevano da completare gli ultimi ritocchi alle vasche di filtraggio, che avrebbero avuto il compito di ripulire l'acqua raccolta, garantendone la purezza e proprio qui erano stati inviati Andrea e Renzo, che esaurito il loro compito alla cava, avrebbero prestato gli ultimi giorni di manovalanza ai piedi della diga di sbarramento, prima di essere lasciati liberi di progettare la loro partenza.

Verso la metà di novembre di quell'anno, però, ci si mise il meteo a rallentare decisamente l'avanzamento del progetto: due settimane di piogge continue sembrarono voler collaudare con anticipo il lavoro fatto fino a quel momento e non ancora terminato.

Il cantiere si fermò, lasciando spazio ad alcune giornate senza rumori, fatta eccezione per quello della pioggia battente, che gonfiò a dismisura il torrente, alimentato a sua volta dai numerosi ruscelli che scendevano dalle montagne. Inutile dire che ben presto, si iniziò a respirare una grande paura.

L'acqua prese a salire, dapprima improvvisamente, quindi più lentamente, quasi senza farsi vedere, mettendo in pericolo l'incolumità di coloro che ancora non avevano lasciato il paese.

L'osteria del Mulino fu abbandonata in fretta e furia da Mario, che fece appena in tempo a prendere con sé poche cose: d'altra parte, il Mulino si trovava solo poche decine di metri sopra il letto del fiume, a due passi dallo sbarramento. Per gli abitanti della borgata, invece, furono giorni di attesa e di paura, con un occhio rivolto al cielo e uno all'acqua che saliva.

Andrea, Elsa e il piccolo Carlo non se la sentirono di rischiare e quando la situazione si fece drammatica, abbandonarono in fretta e furia la casa, raggiungendo provvisoriamente l'abitazione dei genitori della ragazza nel paese di fronte.

Andarono a bussare alla porta della casa di Renzo, con delle valigie improvvisate in mano.

«Noi ce ne andiamo, è troppo pericoloso restare qui.

Voi non venite?»

«No, rimango qui a controllare la situazione. L'acqua è alta, ma dovrebbe calare un po' nelle prossime ore, mi sembra che si stia schiarendo, di là verso il monte.»

Giacomo comparve dietro al padre, sull'uscio di casa e salutò con un cenno della testa. Per tutta risposta, il piccolo Carlo lo fissò con aria curiosa e gli sorrise.

«Ve ne andate?» chiese il ragazzo.

«Sì, non si può dormire sereni con l'acqua qui sotto. Poi magari, se la situazione si tranquillizzasse, potremmo anche tornare. Ma vedremo...»

«Fate buon viaggio» disse Renzo sorridendo.

«Mica ce ne andiamo in America!» gli rispose ironico Andrea. *«Tu, piuttosto... stai all'occhio, mi raccomando. Ti n'è ciù in fiuetto!»*

Renzo annuì e salutò i partenti con un cenno della mano, proprio mentre sulla porta compariva la zia Ada, che volle prendere in braccio per un'ultima volta il piccolo Carlo, stampandogli un bacione su quel nasino che tante volte gli aveva rubato.

Quella notte, Renzo non riuscì a chiudere occhio. Il torrente scendeva impetuoso, raccogliendo la forza da decine di ruscelletti arrabbiati e trascinava con sé tutto ciò che trovava sulla sua strada: pietre, rami spezzati, tronchi. Così, anche per tutti i detriti che avevano finito per ostruire la diga, il livello dell'acqua era arrivato a lambire le case della frazione: era buio e anche se non si poteva vedere, la presenza dell'acqua si poteva benissimo intuire dall'umidità che attraversava le ossa.

Quando, verso mattina, finalmente la pioggia cessò, le luci dell'alba, che filtravano tra le imponenti gru, anticiparono quello che sarebbe stato il panorama della valle di lì a poco. L'acqua aveva sommerso l'osteria del Mulino, che era praticamente scomparsa, risparmiando solo per pochi metri le case del paese.

Renzo, che aveva passato la notte camminando nervosamente dietro alla finestra, svegliò il figlio Giacomo non appena si fece chiaro, trascinandolo di peso fino al terrazzo di casa.

«Giacomo! Sei mai stato su una spiaggia più bella di questa?»

Il ragazzo non seppe credere ai propri occhi: una distesa d'acqua partiva poco al di sotto delle ultime case del villaggio, estendendosi fino allo sbarramento, dove non v'era più traccia dell'osteria del Mulino, improvvisamente scomparsa.

Il primo sole illuminava il bacino accentuando ancora di più, se possibile, lo strano colore tra il marrone e il verdastro dell'acqua, colma di detriti.

«Belin che spettacolo...»

Renzo era stanco, ma gli brillavano gli occhi. *«Abbiamo rischiato, ma ne è valsa la pena, figlio mio. Quando sarai un uomo, potrai dire di aver vissuto una notte dentro a un lago!»*

Nei giorni successivi, tutto tornò alla normalità e i lavori ricominciarono: la diga venne ripulita dai detriti, l'acqua riprese a defluire normalmente e il laghetto temporaneo che si era formato scomparve, riportando alla luce l'osteria del Mulino senza più il tetto.

Mario, tornato al cantiere, fu travolto dall'emozione e scoppiò a piangere alla vista di quello che rimaneva della sua osteria. Non potendo più farvi ritorno, si limitò a un veloce sopralluogo nelle stanze interne, da cui prelevò ciò che ancora si poteva utilizzare, prima di chiudere per sempre la porta di quello che, per anni, era stato il rifugio di tanti viandanti e trasferirsi in città.

Andrea, che con la moglie e il figlioletto era scappato improvvisamente dalla borgata, non vi fece più ritorno. Si presentò però al cantiere per lavorare, come tutte le mattine, dove trovò ad attenderlo Renzo.

«Tu sei matto!» gli disse. *«Ma ti è andata bene...»*

«Casa tua si è salvata per un pelo! Avessi visto che roba...»

«Eh, ho visto... quando al mattino abbiamo guardato fuori, per poco non mi veniva un colpo! Dì, hai parlato col capomastro?»

«Sì, mi ha detto che dopo i prossimi due giorni per ripulire la diga sono libero. Anche tu?»

«Proprio così. A questo punto, non sto più a tornare in paese. Intanto ho già preso tutto...»

«Ti dirò di più: mi hanno già detto che tra una settimana esatta dovrò andarmene» disse Renzo, alzandosi il cappello e passandosi una mano tra i radi capelli grigi. *«Vogliono già far salire l'acqua...»*

Andrea rimase senza parole. Anche se lui se ne era ormai andato, sapere che una famiglia continuava a vivere in paese serviva a tranquillizzarlo. Ora, invece, sentiva che il luogo dove era nato e cresciuto aveva le ore contate e si avvicinava al suo triste destino: quello di essere cancellato per sempre dalle cartine geografiche.

Renzo si calò nuovamente il berretto sulla fronte.

«Oua ghe semmu...»

XVI

Gli ultimi, tristi, giorni in paese erano trascorsi riempiendo rudimentali valigie di tutto quello che si poteva portare via. Ada aveva letteralmente messo per aria le poche stanze della casa, cercando di trovare un posto a ogni oggetto, a ogni ricordo. C'era da starne certi che, se solo avesse potuto, avrebbe trascinato con sé l'intera abitazione. Renzo aveva ripulito alla perfezione la stalla, preparando le bestie alla partenza, aiutato da Giacomo che quando c'era da lavorare, di certo, non si tirava indietro.

Finalmente, verso sera, esausti si sedettero a tavola per l'ultima cena nella loro casa, avvolti da un clima surreale. Ada versò due mestolate di brodo nel piatto dei suoi uomini, che attendevano silenziosi e con gli occhi bassi, ognuno perso nei propri pensieri.

«Guardate, ho fatto solo un po' di brodo perché avevo già messo via tutto, altrimenti avrei cucinato qualcosa...»

«Hai fatto fin troppo» sentenziò Renzo, che abbassò cupo la testa sulla scodella. In poche cucchiaiate terminò la propria cena, rimanendo con le braccia conserte ad osservare fuori dalla finestra. Il buio stava

ormai inghiottendo tutta la valle e, in lontananza, si vedevano solo le flebili luci che circondavano l'area del cantiere, che quella sera sembrava inspiegabilmente silenzioso. Alle spalle del lungo crinale boscoso, il cielo era ancora in parte illuminato dalle luci del tramonto e solcato da qualche innocua nuvola bianca.

Giacomo, terminato il brodo, appoggiò il cucchiaio nel piatto e sollevò per la prima volta gli occhi, gettandoli verso il padre, incantato ad osservare fuori dalla finestra. Ada si alzò da tavola e vedendo i suoi uomini pensierosi, passò una mano tra i capelli neri del figlio.

«Vi metto in tavola due canestrelli che ho fatto oggi pomeriggio, giusto per far vedere che non è una giornata come le altre» e prese dalla dispensa, ormai vuota, un sacchetto pieno di biscotti.

Renzo distolse finalmente lo sguardo dalla finestra, per lanciare mezzo sorriso alla moglie, che nel frattempo, ritirò le scodelle da tavola, avviandosi per lavarle.

L'uomo la guardò stranito. *«Puoi anche fare a meno di lavarle, le scodelle.»*

«Come dici Renzo?»

«Dico che la roba puoi lasciarla anche qui sul tavolo, intanto domani ce ne andremo.»

«Non ci penso nemmeno!» rispose decisa Ada. *«Casa mia rimane in ordine. Anche in fondo al lago.»*

«*Non credo che rimarrà in fondo al lago*» sottolineò il marito. «*La tireranno giù con la dinamite prima di riempire il bacino.*»

La donna si voltò verso Renzo, come colpita da quella notizia. «*E va ben, chi se ne importa. Mi butteranno giù la casa, ma mai l'orgoglio di essere una povera montanara.*»

Ed effettivamente, anche la mattina seguente la donna fu di parola, perché nonostante il marito e il figlio fossero ormai pronti alla partenza, dovettero attenderla a lungo terminare le faccende di casa e risistemare i letti come se quella sera stessa avessero dovuto tornare per dormire.

Quando la donna uscì, sollevando a fatica l'ultima pesante valigia, la appoggiò a terra e si richiuse con delicatezza la porta alle spalle.

Fuori, il sole splendeva e al forte silenzio che pervadeva i vicoli del paese, faceva da contraltare il fastidioso rumore delle motoseghe che proveniva dalla zona del bacino. Gli operai erano intenti a tagliare la vegetazione, seguiti a vista da trattori e camioncini che avevano creato nuove stradine in terra battuta per portare a valle la legna ricavata.

«*Guarda che fine fa tutta la nostra legna*» disse Renzo al figlio. «*I nostri tronchi andranno a riscaldare il sedere di qualcuno più importante di noi...»*

Mentre Renzo imbastiva il mulo, Giacomo richiamò le mucche, che uscirono dalla stalla ordinatamente, una alla volta, quasi come se fossero state indottrinate sulla procedura da seguire per abbandonare il paese.

Il ragazzo indirizzò agli animali un potente fischio, obbligandoli a fermarsi: fece passare avanti i genitori, carichi di fagotti, seguiti dal mulo ancora più carico, quindi prese a far strada alle vacche.

Scesero per alcune decine di metri fino al greto del torrente, quindi lo attraversarono su di una stretta ma resistente passerella in legno a una sola campata, prendendo a salire sul versante opposto della montagna. Con la scusa di attendere l'arrivo delle mucche, Giacomo si fermò e lanciò uno sguardo malinconico alle case della frazione, ormai distanti. Tirò un forte respiro dell'aria di casa, quell'aria che – c'era da giurarci – gli sarebbe mancata da morire e un po' si sorprese nel vedere che, davanti a lui, i genitori non osarono voltarsi, proseguendo invece a testa bassa fino al villaggio che, da quel giorno in poi, avrebbe ospitato la loro nuova vita.

XVII

«Oggi, 4 febbraio 1960, inizia un capitolo particolarmente felice della storia della nostra città. Con l'ultima gettata di calcestruzzo della poderosa diga di sbarramento, si conclude un intenso periodo di lavoro che ha dato un nuovo volto a questa meravigliosa valle del nostro entroterra, permettendoci di realizzare un'opera all'avanguardia, che resisterà ai secoli e che permetterà, finalmente, di risolvere l'annoso problema dell'approvvigionamento idrico. Oggi, il nostro Comune torna a svolgere il proprio fondamentale ruolo nella battaglia dell'acqua, una competizione che ci ha visto troppe volte soccombere, in passato. Sono orgoglioso, se mi permettete, che questa fondamentale opera sia stata realizzata nel corso del mio mandato e voglio ringraziare tutti quanti hanno collaborato per il buon esito della vicenda. Grazie!»

Vittorio era teso, i suoi occhi tradivano l'emozione. Tuttavia, faticava a nascondere la soddisfazione: gli faceva effetto, in un certo senso, essere tra le sue montagne in veste ufficiale, con tanto di fascia tricolore indosso e un nugolo di giornalisti pronti ad assaltarlo per le domande di rito. Parlava con tono solenne, scandendo bene ogni parola e la sua voce riecheggiava nella zona del cantiere, addobbata a festa per l'occasione.

Dietro di lui, una fitta schiera di autorità, composta da sindaci, assessori, consiglieri e amici degli amici, tra i quali spiccava la figura del Commendator Ansaldi, elegante nel suo completo gessato, cappotto e Borsalino in tinta. Più lontano, tutti gli operai schierati in fila, preceduti dai vertici dell'impresa esecutrice. Non si erano mischiati gli abitanti della valle, che avevano preferito rimanere a breve distanza, nei pressi dei pascoli terrazzati che sovrastavano la vecchia osteria del Mulino: ascoltavano le parole del sindaco con un misto di curiosità e diffidenza e, specialmente gli sfollati, rassegnati ad aver perso, da un punto di vista affettivo, molto, se non tutto.

Prese a leggere, ad uno ad uno, i nomi dei consiglieri comunali che avevano votato la delibera, quindi arrotolò la pergamena e, dopo averla infilata in un cilindro metallico, azionò il meccanismo che permise di calarla nell'ultima gettata di conglomerato, a futura memoria.

Mentre l'ingegner Parodi aveva preso il posto del sindaco davanti al microfono, apprestandosi ad elencare ai giornalisti i dati tecnici dell'opera realizzata, Vittorio si sfilò la fascia tricolore e salutò con un cenno del capo alcune persone che assistevano in disparte, raggiungendole con ampie falcate.

«*Come va? Spero che abbiate avuto il tempo necessario per raccogliere tutte le vostre cose e trovare una nuova sistemazione...*»

Andrea, Renzo e Giacomo, seduti su un prato che sovrastava la zona della diga, poco distante dagli altri abitanti della valle, si alzarono in segno di rispetto, facendosi incontro a Vittorio.

«*Non si preoccupi, lei ha fatto tutto quello che poteva fare. Ora la nostra vita cambierà, ma siamo pronti anche a questa nuova sfida: noi montanari abbiamo la testa dura, sa?*»

Vittorio sorrise. «*Anche mio nonno Tunin lo diceva sempre...*» e abbracciò, uno alla volta, i tre. «*Voglio ringraziarvi perché, nel disagio, siete stati esemplari.*»

«*E si faccia vedere, qualche volta, in valle*» lo stuzzicò Renzo. «*O ha paura che la prendano a schiaffi?*»

Vittorio scoppiò in una risata. «*Dei montanari è sempre meglio non fidarsi troppo. Detto da un montanaro!*»

XVIII

L'alto scivolo di calcestruzzo, così diverso da tutto quello che lo circondava, pareva il progresso improvvisamente sopraggiunto in mezzo alle montagne. In direzione della testata della valle, ancora si potevano scorgere le due frazioni destinate, a breve, a scomparire, che senza più un filo di vegetazione attorno sembravano case spuntate in mezzo al deserto.

La loro demolizione, prevista entro l'estate, dovette avvenire con più urgenza del previsto perché una forte perturbazione che si preannunciava imminente sembrava pronta a far salire il livello dell'acqua nel bacino. Così, nelle settimane seguenti l'inaugurazione ufficiale, gli operai accelerarono i ritmi, per evitare che la diga potesse nuovamente intasarsi per colpa del materiale trascinato via dalle case.

Una nuova squadra di operai, specializzata in demolizioni, venne inviata in tutta fretta dalla città e, dopo aver effettuato tutti i sopralluoghi del caso, cominciò a piazzare nelle immediate vicinanze delle abitazioni le cariche esplosive. Fu un lavoro minuzioso e gli operai armeggiarono a lungo intorno a ciascuna casa, come delle vespe attorno ad un alveare, impiegando buona parte della mattinata del giorno prescelto. Fecero altrettanto con le tre case del Mulino, a pochi passi dalla diga, poi si allontanarono, mettendosi al sicuro.

L'osteria del Mulino, con le due case che la circondavano, fu la prima a venire giù. Una sorta di test sul buon posizionamento della dinamite, al quale seguì, poco dopo, l'abbattimento dell'intera frazione sulle rive del torrente, che scomparve in una nuvola di fumo, portandosi dietro un rumore così forte che si udì indistintamente in ogni centro della valle.

Nessuno dei vecchi abitanti della frazione volle assistere all'evento, che passò quasi inosservato, non fosse stato per il potente rimbombo delle esplosioni: i paesi scomparvero nel silenzio, lo stesso silenzio che ne aveva accompagnato l'esistenza fino a quel momento. Una fitta nebbia attorno all'area dell'esplosione impediva ancora di scorgere gli effetti di quanto accaduto, ma appena si sollevò, lasciò spazio ad una valle sconosciuta agli occhi dei più, ricordata solo grazie al pesante odore di fumo che ristagnava nei dintorni: dei paesi non v'era più traccia, come se non fossero mai esistiti se non nelle memorie dei loro abitanti. Tutto quanto era stato divelto dall'esplosione era stato caricato a badilate sui camion dagli operai dell'impresa, per essere portato alle più vicine discariche: solo alcuni esili muretti in pietra, alti poco più di due spanne, avevano resistito alla demolizione e, giudicati per nulla pericolosi per il buon funzionamento della diga, rimasero al loro posto, a testimonianza del passato.

Il fondo del bacino era pulito e l'ultimo atto di un percorso iniziato anni prima poteva finalmente compiersi, regalando un lago ad una vallata che ne avrebbe volentieri fatto a meno.

Le intense piogge preannunciate non mancarono all'appuntamento, gonfiando a dismisura il letto dei ruscelli che alimentarono il torrente principale, il quale riversò nel bacino la propria potenza, sbattendo contro gli scarichi ormai chiusi dell'imponente sbarramento. Intanto, alle sue spalle, si continuava a lavorare per ultimare le condotte che avrebbero dovuto trasportare l'acqua verso la centrale idroelettrica in corso di costruzione. L'afflusso costante di acqua nel bacino, favorito da una primavera particolarmente piovosa, fece salire il livello del lago, che riuscì a mantenersi costante nel periodo estivo, raggiungendo, finalmente, la massima portata con l'arrivo dell'autunno.

XIX

Lassù, verso i pascoli di crinale che separavano la Liguria dal Piemonte, la montagna, imponente, osservava dall'alto il nuovo volto che era stato regalato alla valle, mentre – ora che i camion e le gru se ne erano andati – tutto lentamente cercava di ritornare alla normalità, compresi i suoni e i rumori che ora tornavano ad appartenere esclusivamente alla natura. Nel placido specchio d'acqua si rifletteva il paesaggio circostante, fatto di cascine, alberi, boschi e campi terrazzati, che sembravano, anche solo per un istante, volersi riappropriare della loro collocazione. Sulla superficie appena increspata dal soffio del vento, pareva di toccare il cielo azzurro, solcato da soffici nuvole bianche e attraversato da stormi di uccelli passeggeri.

Gli anni successivi all'inaugurazione dello sbarramento furono i più difficili da digerire per chi, tra quelle montagne, era nato, proprio perché portatori di continue novità. L'afflusso di turisti in valle era aumentato notevolmente, specialmente in estate e nei fine settimana, quando nel concedersi qualche scampagnata fuori porta, in molti, dalla città, raggiungevano in auto il lago, per praticare la pesca o, più semplicemente, per visitare la nuova attrazione del momento. Per questo, erano state sistemate e allargate le strade di accesso e le osterie e gli alberghi dei dintorni erano sempre pieni. Tutti sfoggiavano, in bella vista sul bancone del bar, un portacartoline carico di immagini della valle, in ognuna delle quali si scorgeva un pezzetto di lago: la più inflazionata era quella che ritraeva la valle dai pressi della diga, dove era parcheggiata una luccicante *Bianchina*, con le montagne sullo sfondo e la scritta "Saluti dal lago".

Più gli anni passavano, più il lago acquisiva popolarità, diventando una mèta di primo livello: turisti entusiasti arrivavano anche dalle regioni vicine - Piemonte ed Emilia in particolare - per visitarlo, mentre l'entusiasmo di coloro che avevano contribuito alla sua realizzazione, gradualmente, si andava spegnendo.

Renzo, vecchio e malandato, seduto su una sedia alle spalle della finestra di casa, osservava quella specie di lucertola d'acqua che si insinuava tra i versanti delle montagne, appoggiato ad un bastone. Avvicinava il volto al vetro, come per guardare meglio, ogni volta che sentiva il rumore di una macchina, per poi maledirla con gesti e parole quando scopriva essere quella dell'ennesimo turista della domenica.

l turisti, però, di colpe non ne avevano in realtà e Renzo ne era perfettamente cosciente, tanto che spesso si autoaccusava per aver tradito la propria terra, collaborando a realizzare un'opera capace di cambiare, definitivamente, il volto di luoghi che i suoi avi avevano difeso strenuamente per secoli.

Andrea, nel suo paese sull'altro lato della valle, era solito passeggiare, tutti i giorni, assieme al figlio Carlo, nel frattempo diventato adulto, fino a un punto panoramico poco distante dalle case, dove lo specchio d'acqua si poteva scorgere in tutta la sua bellezza.

Si toglieva il cappello e, con le mani dietro alla schiena, rimaneva a pensare, con lo sguardo perso tra le anse del lago, come se volesse ricordare l'aspetto originario della valle prima dell'arrivo della diga: erano momenti così lontani che quasi faticava a metterli in ordine nella propria memoria.

Nonostante vivesse ormai da diversi anni nella sua nuova casa, faticava a considerarla tale ed era come se l'arrivo del lago avesse spazzato via tutti i suoi ricordi, rendendolo improvvisamente un uomo senza più passato. E vivere senza passato, oltre ad essere di per sé deprimente, non significava di certo sentirsi meno vecchio.

XX

«Ricordo il giorno in cui ce ne andammo come se fosse ieri. Eravamo gli ultimi rimasti in paese e non sembrava nemmeno più di essere nel luogo dove avevo passato la mia infanzia. Era vuoto, freddo. C'era un silenzio strano, non so come spiegarti. Una quiete di quelle che precedono un abbandono: si presagiva che, di lì a poco, su quella riva del torrente, sarebbero rimasti soltanto i ruderi di qualche costruzione in pietra e nulla di più.
Mio padre, quando giungemmo sul versante opposto della valle, quello che ora vedi di fronte a te, non ebbe nemmeno il coraggio di voltarsi per guardare un'ultima volta la sua casa e come lui mia madre, che però aveva lasciato tutto in ordine come se dovessimo tornarci di lì a poco.
Da quel momento in poi, il tempo ha iniziato a scorrere velocemente e mi sono ritrovato di colpo adulto: la casa nuova, l'inaugurazione della diga, l'acqua che inizia a salire - sempre di più - fino a coprire quel poco che rimaneva, i turisti che prendono d'assalto il lago nelle domeniche d'estate, la morte di mio padre, lo scorrere degli eventi che lentamente

prende il sopravvento, fino a cancellare tutti i miei ricordi. Però, alcune cose sono rimaste impresse indelebili nella mia mente.

Come gli inverni carichi di neve, quando mio padre mi metteva un pezzo di cartone sotto al sedere e mi lanciava giù per la ripida via ghiacciata del paese... il più delle volte capitava che mi fermassi direttamente contro i gradini di qualche casa, con delle botte che nemmeno puoi immaginare! Mi facevo un male... ma non avevo tempo per piangere: resistevo il più possibile e salivo sulle spalle di mio padre per fare un altro giro ancora e solo quando proprio non ne potevo più dal male, correvo alla fontana per mettere la gamba livida sotto all'acqua gelata, con dei brividi che mi ricordo ancora adesso!

Oppure "a ciassétta", la chiamavamo così... era un punto, all'incirca a metà paese, dove le case si allontanavano leggermente dalla via principale e il risseu formava un piccolo slargo che avrebbe potuto ospitare, sì e no, dieci persone ammassate l'una sull'altra, ma ai miei occhi era bella come la piazza di una grande città. Sapessi quanto giocare ci ho fatto....

E l'osteria di Benito, piccola ma accogliente. Mi sembra ancora di sentire il suo vocione e i suoi colpi di tosse: nessuno ha mai capito come fosse possibile, ma Benito aveva la tosse tutto l'anno. Quando là dentro accendeva la stufa, dovevi sentire che vampate! Se eri seduto a giocare a carte, dovevi levarti la maglia dal caldo che faceva, per non prenderti un accidente.

Ci abbiamo fatto una festa bellissima, da Benito: il più bel saluto che potessimo dare al paese. Ero giovane, ma ricordo ancora perfettamente gli occhi malinconici dei compaesani, soprattutto dei più vecchi, come Gino. Poveretto, dopo una settimana che i suoi figli l'avevano portato sul fondovalle, si è ammalato ed è mancato nel giro di qualche settimana...

Ricordo tuo nonno, che quando io ero un bambino passava con i muli a fare il giro casa per casa, per raccogliere il latte delle bestie, le patate e le castagne da portare in città. Viveva nella casa più bella del paese, l'ultima in fondo prima del torrente: l'aveva rimessa a posto da poco e ricordo ancora quel bellissimo piffero che c'era appeso al muro appena si entrava dalla porta.

Io, che ai tempi ero appena un ragazzino, mio padre e tuo nonno, siamo stati gli unici abitanti del paese a lavorare alla diga. E' stato un periodo strano della mia vita, non lo ricordo con piacere: essere obbligati – dal bisogno di denaro – a lavorare per la costruzione di un'opera che ucciderà il tuo paese, l'ho sempre vissuto come un controsenso. Ma per aiutare la mia famiglia, avrei fatto questo e altro.»

Enrico ascoltava sorreggendosi la testa con le mani, i gomiti appoggiati sul tavolino di legno.

«E' in quel momento che le cose sono iniziate a cambiare. Quasi tutti se ne sono andati, tranne noi che dovevamo lavorare come manovali al cantiere della diga e in fondo alla valle, nel punto dove ora vedi lo sbarramento, hanno iniziato a spuntare delle altissime gru, neanche fossero dei funghi.»

Carlo, coricato su una panca in disparte, annuiva. *«Me le ricordo anch'io, mi sembravano dei mostri talmente erano grandi!»*

«I giorni erano tutti uguali, sveglia all'alba quando c'era il turno del mattino oppure più tardi quando ti toccava il turno della notte.

C'era un viavai in quel cantiere che è fin difficile da immaginare, non saprei dirti quante persone ho conosciuto, anche solo scambiandoci due parole, in quegli anni: ancora qualche settimana fa, pensa, mi è capitato di trovare, al ristorante, un signore che faceva l'operaio alla diga e che, da quando è andato in pensione, ha comprato una casa in valle perché questo posto gli piaceva troppo!»

Enrico sorrideva, ma non parlava, limitandosi ad ascoltare il racconto di Giacomo, che seduto sull'erba con le gambe incrociate pareva un ragazzino.

«Si mangiava colazione pranzo e cena all'osteria del Mulino, che si trovava esattamente nel punto dove ora vedi la diga. Era proprio sul torrente e Mario, il padrone, aveva fatto i soldi con la storia del cantiere: dovresti vedere che villa si è comprato suo figlio giù in città!»

«Mio padre diceva sempre che "o cù e i dinê no se mostran a nisciun" - intervenne Carlo - *ma si vede che non funziona più così!»*

A Giacomo scappò una risata di gusto, prima di riprendere il discorso.

«Lui però era bravo, ricordo sempre che quando eravamo da lui per il pranzo, alla fine, chiamava in cucina noi della valle perché ci teneva qualche scodella di brodo da parte, specie in inverno, quando qualcosa di caldo faceva ancora più piacere. Quando è venuto l'alluvione, ha dovuto scappare di corsa dall'osteria, rischiando di rimanere sommerso...»

«Quale alluvione?» fece Enrico.

«Quando la diga era quasi terminata, era autunno, continuò a piovere per due settimane intere senza mai

fermarsi. I ruscelli trascinarono giù di tutto - rami, pietre, fango – e il torrente, che scendeva impetuoso, era già esondato in diversi punti.

Tutto il materiale portato a valle, unito agli scarichi della diga chiusi, perché non ancora in funzione, determinarono un innalzamento pauroso del livello del fiume, che riempì parte del bacino. Si creò una specie di piccolo lago e ricordo lo stupore quando, al mattino, mio padre – che era rimasto sveglio tutta la notte a controllare il livello dell'acqua – mi tirò letteralmente giù dal letto per farmi vedere il lago semipieno.»

«*Foorte!*» si stupì Enrico. «*E così tu hai passato una notte dentro al lago?*»

«*Più o meno!*» si schermì Giacomo, che ripensò immediatamente alle parole del padre.

«*Anch'io me lo ricordo bene quel momento*» intervenne Carlo. «*Ci siamo fatti una fuga!*»

«*Mia mamma, gli ultimi anni della sua vita, mi raccontava sempre di quel momento in cui siete venuti a salutarci: era tanto dispiaciuta di vederti andar via!*»

«*La zia Ada!*» disse Carlo, con gli occhi lucidi. «*Mi ha rubato tante volte il naso che ora non dovrei averne quasi più, invece guarda!*» fece, indicandosi il grosso naso con le dita. *«Anzi, ora che ci penso... potrebbe essere diventato così per colpa sua!»*

A Enrico scappò una risata, mentre Giacomo riprendeva il suo racconto.

«Eh sì perché l'alluvione, caro Enrico, è stato il momento in cui i tuoi nonni e tuo padre, che era un figeu da læte alto così, abbandonarono il villaggio. Era troppo rischioso, per loro che abitavano nell'ultima casa del paese, rimanere lì.»

Enrico era rapito dal racconto di Giacomo. *«E la loro casa?»*

«La loro casa non andò a bagno per poco, ma la paura fu tanta. Anche per Mario, l'oste del Mulino, che fece appena in tempo a scappare e, il giorno seguente, si ritrovò l'osteria distrutta dall'acqua. Perse tutto, ma per fortuna sua non i soldi, che erano finiti al sicuro da qualche altra parte.»

«Poveretto...» si lasciò scappare Enrico.

«Mica tanto poveretto!» bofonchiò Carlo *«I suoi figli si fregano ancora le mani adesso!»*

«E chi glieli ha dati tutti questi soldi?» fece Enrico, sempre più curioso.

«I soldi glieli ha pagati chi ha voluto costruire la diga, cioè il Comune. In città avevano così bisogno d'acqua che stavano cercando disperatamente una valle dove

creare un bacino artificiale e così hanno pensato alla nostra. Chissà, forse credevano che con un lago, tra le montagne e il mare, sarebbe stata ancora più bella da visitare per i turisti! Il sindaco di allora era di queste parti, veniva proprio da quel paese che vedi là in alto e per noi, forse, è stata una fortuna.»

«In che senso?»

«Nel senso che nonostante tutto, con noi, è stato di un'umanità immensa. Ho capito, parlando con mio padre, che lui non c'entrava nulla in tutto questo progetto, era semplicemente stato messo in mezzo da qualcuno più potente di lui ed è riuscito a portarlo a conclusione avendo, allo stesso tempo, un occhio di riguardo per noi paesani. Era una brava persona, che ha risolto i problemi dell'acqua in città e alla quale l'acqua, molti anni fa, ha presentato il conto...»

Carlo alzò la testa dalla panca. *«Questa non la sapevo. Cosa è successo?»*

«Ha perso la vita in un incidente, dovuto all'esondazione di un torrente durante l'alluvione di una ventina di anni fa. Una coincidenza che fa pensare...»

«Fa pensare a quanto siamo deboli di fronte alla natura» continuò Carlo. *«Ogni anno che passa è sempre peggio, non c'è niente da fare: ce ne*

freghiamo del nostro territorio, lo maltrattiamo a suon di cementificazioni e lui, regolarmente, ce la fa pagare sotto forma di disastri come questo. Un tempo la montagna si amava, ora la si ignora e questo è il risultato...»

«Tuo padre ha ragione. Pensa che quando la diga fu terminata, proprio per evitare intasamenti futuri, fu ripulito interamente il bacino, eliminando la vegetazione presente e abbattendo le case delle due piccole frazioni. Fu un lavoraccio non da poco...»

«Ma figurati!» lo interruppe Enrico con veemenza. «Non hai letto qui?» disse estraendo dalla tasca un articolo di giornale intitolato *"Il campanile sul lago"*, sotto al quale campeggiava la piccola foto di un campanile a punta che emergeva dall'acqua.

Giacomo prese il ritaglio di giornale che gli stava porgendo il ragazzino, fingendosi sorpreso mentre leggeva le prime righe dell'articolo.

"Una meraviglia che sta catalizzando le attenzioni dei turisti, che arrivano fin da lontano, nel periodo estivo, aspettando le secche del lago per ammirare lo splendido campanile del paese sommerso, che improvvisamente compare nello specchio d'acqua e i cui rintocchi ancora si possono indistintamente udire..."

«*Uhm...*» borbottò Giacomo, lisciandosi la barba bianca.
«*Se le case sono state fatte saltare in aria, allora, si devono essere dimenticati del campanile, è praticamente sicuro!*», rincarò la dose Enrico. «*Secondo me, se il livello del lago scende ancora un po' potrebbe spuntare, deve essere da quella parte! Ah ma prima o poi lo vedrò...*»
Giacomo si avvicinò al ragazzo con l'espressione di chi sta per rivelare un segreto, mentre alle sue spalle Carlo faticava a nascondere il sorriso.
«*Caro Enrico, è bello avere qualcosa in cui credere perché altrimenti la nostra vita sarebbe troppo piatta, troppo poco interessante...*»
Il volto del ragazzo si fece improvvisamente più serio.
«*Cosa vorresti dire?*»
«*Ti piace la montagna? Ami camminare sui sentieri?*»
«*Si, mi piace...*»
«*Perché oggi hai percorso l'anello del lago? Perché ti piace camminare o perché sei curioso?*» lo incalzò Giacomo.
«*Beh sono curioso, sicuramente...*»
«*Quindi possiamo tranquillamente dire che senza il campanile da scovare, difficilmente oggi ti avrei trovato con tuo padre su questo sentiero. Sbaglio?*»
«*Non saprei...*» si schermì il ragazzo.

«Diciamo che la curiosità per questa leggenda del campanile ti ha avvicinato alla montagna, permettendoti di scoprire una nuova passione.»

Enrico, attento come suo solito, notò un particolare decisivo nelle parole di Giacomo.

«Perché hai detto leggenda?»

«Vedi, Enrico, il nostro villaggio era un mucchietto di case dove la vita scorreva tranquilla. Era difficile viverci, ma si stava divinamente, te lo posso garantire. Quando me ne sono andato, avevo quasi vent'anni e quindi ho avuto il tempo di accumulare qualche ricordo, a differenza di tuo padre, che era molto più piccolo quando i vostri nonni si sono trasferiti. Quasi tutti i miei ricordi, ora li conosci anche tu perché te li ho raccontati quando ci siamo seduti qui: l'osteria, il mulino, le aie, a ciassétta, il fiume che scorreva tranquillo intervallato dalle passerelle in legno. La gente che abitava queste poche case era semplice, poteva rinunciare a tutto, ma mai a una cosa: la fede. Ciò nonostante, una chiesa in paese non c'era, non c'è mai stata.»

Enrico rimase in silenzio, guardando Giacomo con aria imbambolata.

«E' una leggenda, Enrico.»

«Ma... l'hanno scritto anche sul giornale...»

«*Non troverai sempre la verità sui giornali, purtroppo. Ti ci dovrai abituare.*»

«*E la foto allora? Come hanno fatto a farla se non esiste?!*»

«*Con un bravo grafico... è un fotomontaggio nemmeno dei migliori*» lo smontò Giacomo.

Enrico ci rimase male, come se gli avessero rubato tutti i sogni in un istante.

«*Però in tutta questa vicenda c'è un lato positivo, sai?*»

Il ragazzo, immobile, alzò gli occhi verso Giacomo.

«*Le persone, al giorno d'oggi e in questo mondo frenetico, hanno bisogno di qualcosa che le faccia sognare, perché da sole non sono più in grado di farlo. A questo servono gli articoli come quello che mi hai appena fatto leggere: ad aiutare la gente a viaggiare con la fantasia e ad interessarsi ad argomenti che, probabilmente, nemmeno si sognerebbe di sfiorare, presa com'è dalle inutilità del quotidiano.*

Ai miei tempi, bastava un lago per attirare i turisti. Oggi, probabilmente, ci vuole qualcosa di più, come ad esempio inventarsi una leggenda sicuramente romantica e affascinante, seppur falsa. Ma non biasimo questi giornalisti e nemmeno te.

Questa storia è riuscita a darti la spinta giusta per avvicinarti alla montagna e sono certo che ora che stai imparando a conoscerla, non la abbandonerai più. La montagna non è solo un passatempo: è riscoprire una vita dimenticata fatta di storie, aneddoti, tradizioni, luoghi. Camminare in montagna è fatica, ma anche serenità, pace interiore.

Quando io ho portato a termine il Cammino di Santiago, nonostante non mi reggessi in piedi dalla stanchezza, avrei potuto camminare ancora per giorni. E sai perché? Perché il nostro vero motore è qui dentro» disse Giacomo picchiettando con la mano la fronte di Enrico, che annuì sorridendo.

«La montagna arricchisce la mente di chi la frequenta, soprattutto delle persone curiose come te. Ad esempio, ti hanno mai parlato dei paesi fantasma che ci sono alle spalle dell'albergo sul confine?»

Enrico si voltò immediatamente verso il padre, con uno sguardo misto di stupore e incredulità.

Carlo si alzò di scatto dalla panchina su cui era seduto.

«Per la carità, Giacomo! Vorrai mica farmi passare la prossima estate a cercare i fantasmi nei paesi abbandonati?!»